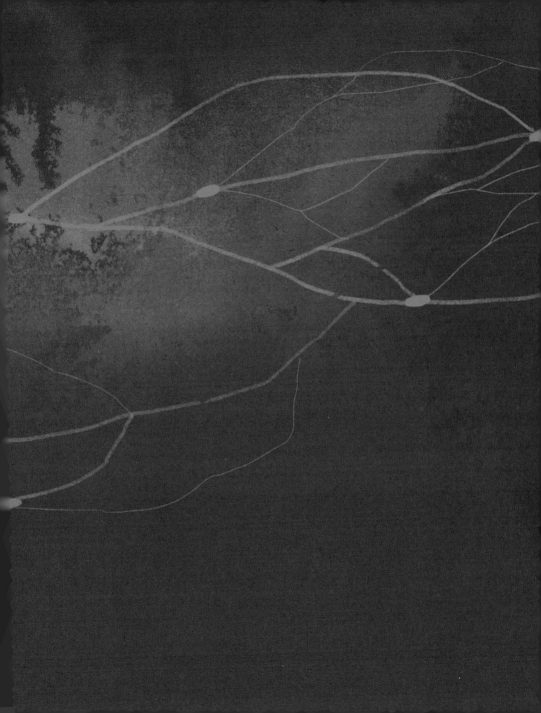

THE STRANGE CASE OF DR. JEKYLL AND MR. HYDE

지킬 박사와 하이드 씨

로버트 루이스 스티븐슨 지음
티나 베르닝 그림
이영아 옮김

머릿속엔
단 한 가지
생각밖에 없었네.

나의

다른

자아에

대한

두려움.

11 문 이야기   27 하이드 씨를 찾아서

41 태평한 지킬 박사   55 커루 살인 사건

71 기이한 편지   85 래니언 박사의 놀라운

사건   97 창가에서 벌어진 일

105 마지막 밤   132 래니언 박사의 이야기

158 헨리 지킬의 최후 진술   205 감사의 말

207 옮긴이의 말

문
이야기

어터슨은 투박한 얼굴에 미소를 짓는 법이라곤 없는 남자였다. 대화를 할 땐 어색한 듯 차갑고 과묵했으며, 감정을 잘 드러내지 않았다. 마르고 길쭉한 몸에 칙칙하고 음울한 인상이었지만, 그래도 묘하게 매력적인 구석이 있었다. 친밀한 사람들과 함께하는 자리에서, 그리고 와인이 입맛에 맞을 때면 그의 눈에 인간미가 반짝였다. 이런 성정은 그의 말에서는 절대 찾을 수 없었지만, 식사 후 얼굴에 묵묵히 배어나는 표정에서, 그의 생활 속에서 더 자주 더 확연히 드러났다. 그는 자신에게 엄격했다. 혼자 있을 땐 고급 와인을 맛보고 싶은 마음을 억누른 채 진gin을 마셨다. 연극을 좋아하면서도 20년 동안 극장에 발을 들이지 않았다. 하지만 남에게는 너그럽기로 유명했다. 악행을 저지른 사람들이 겪었을 극도의 중압감에 때로는 거의 부럽다는 듯이 경탄했고, 어떤 극단의 상황에서도 남을 비난하기보다는 도와주려 했다.

"난 카인의 이단에 끌린다네. 내 형제가 제 발로 타락의 길을 걷겠다면 그냥 내버려두겠어."

이렇듯 묘한 말을 하기도 했다. 이런 성품 때문인지, 몰락해가는 이들에게 평판 좋은 마지막 지인이 되어주고 끝까지 감화를 주는 경우가 많았다. 그런 사람들이 사무실을 찾아와도 그의 태도는 한결같았다.

당연히도 이 모든 것이 어터슨에게는 그리 어려운 일이 아니었다. 본디 감정을 잘 드러내지 않는 사람이었고, 교우 관계도 그러한 포용력을 토대로 쌓아올리는 듯했다. 이런저런 기회로 만나게 되는 사람들을 친구로 받아들이는 것이야말로 겸손한 사람의 특징이다. 그리고 이 변호사가 바로 그러했다. 그의 친구들은 친척이나 아주 오래전부터 알고 지내온 이들이었다. 그의 애정은 담쟁이덩굴처럼 시간이 흐를수록 자라날 뿐 어느 대상에게 쏠리는 것은 아니었다. 그러므로 그가 먼 친척이자 이름난 한량인 리처드 엔필드와 친하게 지내는 것도 그리 놀라운 일은 아니었다. 이 두 사람이 서로의 어떤 면에 호감을 느끼는 건지, 함께 나눌 이야깃거리가 있기나 한지 많은 이들은 고개를 갸우뚱했다. 일요일에 산책하는 그들과 마주친 사람들이 전하기로는, 그들이 말 한마디 없이 무척 따분한 표정으로 걷고 있다가 친구를 만나기라도 하면 눈에 띄게 안도하며 반가워하더라는 것이었다. 그래도 두 남자에게 이 나들이는 무엇보다 소중했고, 매주 찾아오는 보석 같은 시간이었다. 방해받지 않고 산책을 즐기기 위해 유흥의 기회를 제쳐두는 건 물론이고, 심지어 업무까지 미룰 정도였다.

그러던 어느 일요일, 그날도 산책을 즐기던 두 사람은 런던의 번화가 뒷골목으로 흘러들게 되었다. 거리는 좁고 조금은 한산한 편이었지만, 평일에는 활기 넘치는 상점가였다. 주민들은 다들 부유해 보였는데, 그래도 남들보다 장사가 더 잘됐으면 하는 욕심에 돈을 버는 족족 가게 장식에 힘을 쏟았다. 그렇게 큰길을 따라 쭉 늘어선 가게들은 마치 방긋 웃는 여자 점원처럼 손님을 유혹했다. 평소의 화려한 매력이 조금 가려지고 비교적 인적이 드문 일요일에도 이 거리는 우중충한 이웃과 달리 숲속의 불길처럼 빛났다.

갓 칠한 덧문들, 윤이 나도록 닦은 놋쇠, 전반적으로 청결하고 흥겨운 분위기는 순식간에 행인의 눈을 사로잡고 즐겁게 해주었다.

왼편의 한 모퉁이에서 동쪽으로 두 집 건너에 어느 안뜰로 들어가는 입구가 뚫려 있었다. 바로 그 지점에 불길한 분위기의 네모난 건물이 박공널을 거리 쪽으로 쑥 내밀고 있었다. 2층짜리 건물이었다. 창문은 하나도 없고 아래층에 문 하나, 위층엔 맹인의 이마 같은 퇴색한 벽이 있을 뿐이었다. 오랜 세월 지저분하게 방치된 흔적이 구석구석 배어 있었다. 초인종도 노커도 달리지 않은 문은 울퉁불퉁 기포가 생기고 변색되어 있었다. 부랑자들이 구석진 곳에 구부정히 앉아 문짝에 성냥을 그어댔고, 아이들은 계단에서 장사를 했다. 어떤 남자아이가 쇠시리에 칼질까지 해놓았지만, 몇십 년 동안 그 누구도 이 마구잡이 손님들을 쫓아내거나 훼손된 곳을 손보러 나오지 않은 듯했다.

엔필드와 어터슨은 뒷골목의 반대편에 있었는데, 입구 근처에 이르자 엔필드가 지팡이를 들어올리더니 문을 가리켰다.

"저 문 보이십니까?"

그가 물었다. 어터슨이 그렇다고 답하자 엔필드는 덧붙여 말했다.

"저 문을 보니 기묘한 이야기가 떠오르는군요."

"그런가? 어떤 이야기인데 그러나?"

어터슨의 목소리가 조금 바뀌었다.

엔필드가 답했다.

"그게, 이런 이야기랍니다. 어느 겨울날 아주 먼 곳까지 갔다가 캄캄한 새벽 3시쯤 집으로 돌아가고 있었지요. 가로등 말고는 정말이지 아무것도 없는 길을 걸었답니다. 거리가 하염없이 이어지고 집집마다 사람들은 잠들어 있었어요. 무슨 행진이라도 열리는

"저 문 보이십니까?"

그가 물었다.

어터슨이 그렇다고 답하자
엔필드는 덧붙여 말했다.

"저 문을 보니
기묘한 이야기가
떠오르는군요."

양 가로등이 죄다 밝혀져 있는데, 거리는 행인 한 명 없이 교회처럼 텅 비어 있더군요. 저는 무슨 소리라도 들리려나 싶어 귀를 기울이고 또 기울이면서 차라리 경찰이라도 나타났으면 하는 심정이 됐지요. 그때 갑자기 두 사람의 형체가 보였습니다. 한 명은 몸집이 작은 남자로 동쪽으로 시원스레 쿵쿵거리며 걷고 있었고, 다른 한 명은 여덟 살이나 열 살 정도 된 소녀로 교차로를 있는 힘껏 뜀박질하고 있었어요. 그러니까, 두 사람은 모퉁이에서 부딪힐 수밖에 없었던 겁니다. 그런데 그때 끔찍한 일이 벌어졌답니다. 남자가 아이의 몸을 태연히 짓밟더니 땅바닥에서 악을 쓰며 우는 아이를 내버려두고 그냥 가버리지 뭡니까. 이야기로 들으면 별일 아닌 것 같지만, 실제로 보면 소름 끼치는 광경이었습니다. 인간 같지가 않았어요. 무시무시한 크리슈나 신상* 같더라니까요. 나는 몇 번이나 소리를 지르면서 뒤쫓아가 그 작자의 멱살을 붙잡았지요. 그자를 끌고 현장으로 다시 갔더니 울고 있는 아이 주변에 꽤 많은 사람이 모여 있더군요. 그자는 차분하게 아무런 저항도 하지 않았지만, 나를 한 번 쳐다보는데 그 눈빛이 어찌나 추악하던지, 달리기라도 한 것처럼 내 온몸에 진땀이 날 지경이었습니다. 모여든 사람들은 소녀의 가족이었어요. 그리고 어떤 의사도 나타났는데, 알고 보니 아이는 심부름으로 그 의사를 부르러 갔다가 돌아가는 중이었던 겁니다. 그 의사가 말하기를, 아이의 상태가 심각하지는 않은데 겁을 집어먹었다더군요. 이것으로 끝이라고 생각하시겠지만, 한 가지 묘한 정황이 있었습니다. 그자를 보자마자 저는 혐오감을 느꼈어요. 아이의 가족 역시 그랬고, 지극히 당연한 일이었지요. 그런데 인상적인 건 의사 쪽이었습니다. 어디서나 흔히 볼 수 있는 평범한 의사였어요. 나이도 인종도 가늠할 수

18

---

* 크리슈나는 인도 신화에서 비슈누 신의 제8화신으로, 크리슈나 신상을 의미하는 단어 'Juggernaut'에는 파괴적인 힘, 거대한 괴물이라는 뜻도 담겨 있다 - 옮긴이

없고, 에든버러 억양이 강하고, 거의 백파이프처럼 감성적이었지요. 으음, 그도 우리와 별반 다르지 않았습니다. 제가 붙잡은 사내를 볼 때마다 살의가 느껴지는지 토할 듯이 얼굴이 하얗게 질리더군요. 저는 의사가 무슨 생각을 하는지 알았습니다. 의사가 제 생각을 읽었듯이 말입니다. 그렇다고 살인을 저지를 수는 없으니 우리는 차선책을 택했습니다. 이 일로 추문이 퍼지면 런던 전역에서 악명을 떨치게 될 테고, 우리가 꼭 그렇게 만들 거라고 사내에게 말한 겁니다. 친구든 신망이든 전부 다 잃게 될 거라고 말입니다. 열을 올리며 그렇게 을러대는 내내 우리는 여자들을 사내에게서 떼어놓느라 애를 먹었습니다. 다들 하르피이아* 처럼 사나웠거든요. 그토록 증오로 가득 찬 얼굴들을 저는 처음 봤어요. 그런데 그 한가운데에 서 있는 사내는 험악하게 냉소를 머금은 채 서늘한 기운을 풍기고 있었습니다. 겁먹은 기색도 보였는데 시치미를 뚝 떼고서 말입니다. 정말이지 사탄 같았어요. 그자가 말하더군요. '이 사고로 돈 좀 벌어보겠다는 심산이라면 나도 어쩔 수 없지. 모름지기 신사라면 괜한 소란은 피하고 싶은 법. 원하는 액수나 불러보시오.' 그래서 우리는 아이의 가족을 위해 사내에게서 100파운드까지 우려냈지요. 그자는 어떻게든 끝까지 버티고 싶었겠지만, 우리 사이에 감도는 흉악한 분위기를 감지하고서 결국 무릎을 꿇은 겁니다. 다음으로 돈을 받아내는 일이 남아 있었습니다. 그런데 그자가 저 문이 달린 건물로 우리를 데려가지 않겠습니까? 열쇠를 휙 꺼내 안으로 들어가더니, 곧 10파운드어치 금과 쿠츠 은행 수표 한 장을 가지고 나왔습니다. 소지인에게 돈을 지급하는 수표였는데, 제가 차마 입 밖에 낼 수 없는 이름이 서명되어 있더군요. 그 이름이 제 이야기의 요점 중 하나이긴 하지만 말입니다.

19

---

* 그리스 신화에서 여자 머리와 새의 몸을 가진 부정하고 탐욕스러운 괴물 – 옮긴이

어쨌든 아주 유명하고 신문에도 자주 등장하는 이름이었어요.

수표 액수가 어마어마했지만, 그 서명의 가치가 더 클 정도였지요. 물론 그 서명이 진짜일 때 얘기지만요. 저는 그자에게 모든 정황이 미심쩍다고, 새벽 4시에 지하실 문을 열고 들어갔다가 100파운드에 가까운 액수의 남의 수표를 들고 나오는 사람이 어디 있느냐고 따졌습니다. 그랬더니 그자는 아주 태연자약하게 빈정거리더군요. '걱정 마시오. 은행이 문을 열 때까지 댁들이랑 같이 있다가 수표를 현금으로 바꿔줄 테니까.' 그래서 의사와 아이 아버지, 그 사내와 저 모두 제 사무실에서 밤을 보내고 다음 날 아침이 되자 식사를 끝낸 후 다 같이 은행으로 몰려갔습니다. 제가 직접 수표를 내밀면서, 분명 위조 수표일 거라고 말했지요. 그런데 아니었습니다. 수표는 진짜였어요."

"쯧쯧."

어터슨이 혀를 찼다.

"저와 같은 생각이시군요. 그래요, 얄궂은 이야기지요. 그 작자는 누구도 상종 못할 막돼먹은 인간인데, 수표를 끊어준 사람은 둘째가라면 서러울 자산가에다 유명 인사이기도 하고 (더욱 기가 막힌 건) 선행이라는 걸 베푸는 사람이니까요. 아마도 협박을 받았을 겁니다. 강직한 그분이 젊은 시절 객기로 저지른 행동에 발목이 잡혀 터무니없는 대가를 치르고 있는 거지요. 그래서 저는 저 문이 달린 건물을 협박의 집이라고 부른답니다. 물론 이 정도로 모든 것이 설명되는 건 아니지만 말입니다."

엔필드는 그렇게 말하고 나서 골똘히 생각에 잠겼다.

"그럼 수표를 끊어준 자가 저곳에 사는지는 모르는 건가?"

어터슨의 느닷없는 질문에 엔필드는 상념에서 깨어나 답했다.

"산다고 해도 믿을 만하지 않습니까? 하지만 어쩌다 주소를 알게 됐는데, 다른 곳에 살고 있더군요."

"자네는 저 문이 달린 곳에 대해 전혀 묻지 않았고?"

어터슨이 물었다.

"네, 함부로 물을 순 없으니까요. 저는 질문하는 일에 굉장히 민감합니다. 자칫하면 최후의 심판처럼 되어버릴 수도 있거든요. 질문을 시작한다는 건 돌을 던지는 거나 마찬가집니다. 제가 언덕 꼭대기에 가만히 앉아 있어도 돌이 굴러가서 다른 돌들까지 건드리고, 그러다 보면 어떤 온화한 노인(생각지도 못한 사람)이 자기 집 뒤뜰에서 머리에 돌을 맞아 쓰러져 가족이 이름을 바꿔야 하는 사태까지 발생하지요. 제 원칙은 이렇습니다. 상황이 미심쩍어 보일수록 질문을 줄이자."

"아주 훌륭한 원칙이군."

어터슨이 그렇게 말하자 엔필드가 말을 이었다.

"그래도 제 나름대로 그곳을 조사해보긴 했습니다. 집이라고 말하기도 뭣하더군요. 다른 문은 없고, 기묘한 사건의 그 사내가 어쩌다 한 번씩 들를 뿐 그곳을 드나드는 사람이 전혀 없었어요. 2층에 창문 세 개가 안뜰 쪽으로 나 있고, 아래층에는 창문이 하나도 없습니다. 창문은 항상 닫혀 있지만 깨끗해요. 그리고 평소에 굴뚝에서 연기가 나는 걸 보면 누군가가 살고 있기는 한 모양입니다. 확실하진 않지만 말입니다. 안뜰 주변으로 건물이 너무 다닥다닥 붙어 있어서 건물 간의 경계가 불분명하거든요."

두 사람은 아무 말 없이 한동안 또 걸었다. 그러다가 어터슨이 말했다.

"엔필드, 자네의 원칙이 아주 마음에 드네."

"네, 저도 그렇게 생각합니다."

엔필드가 답하자 어터슨이 말을 이었다.

"그런데 말일세, 한 가지 묻고 싶은 게 있네. 아이를 짓밟은 그 남자의 이름이 궁금하군."

"뭐, 그 이름을 안다고 무슨 해가 되겠습니까. 하이드라는 이름의 남자였습니다."

"흠, 어떻게 생겼던가?"

"설명하기가 쉽지 않아요. 좀 이상하게 생겼거든요. 비위에 거슬린다고나 할까, 너무 역겹다고나 할까. 그렇게 심한 반감이 드는 사람은 처음인데, 그 이유를 잘 모르겠습니다. 분명 어딘가 기형일 겁니다. 그런 느낌이 강한데, 어디가 그런지 구체적으로 알 수가 없어요. 이상하게 생겼는데 뭐가 이상한지 꼬집어 말할 수가 없다니까요. 아니요, 저는 못하겠습니다. 그자의 생김새를 설명할 수가 없어요. 기억력이 나빠서가 아닙니다. 지금도 그자의 모습이 눈에 선하거든요."

어터슨은 생각에 깊이 잠긴 모습으로 말없이 조금 더 걷다가 마침내 물었다.

"그자가 틀림없이 열쇠를 사용하던가?"

"변호사님……."

엔필드는 움찔 놀라며 입을 열었다.

"그래, 나도 아네. 이상하게 들리겠지. 사실은 말일세, 내가 다른 한 사람의 이름을 묻지 않은 건 이미 알고 있기 때문이라네. 리처드, 자네가 방금 내게 아주 중요한 이야기를 들려준 거야. 부정확한 부분이 있었다면 바로잡아주게."

엔필드는 조금 시무룩하게 답했다.

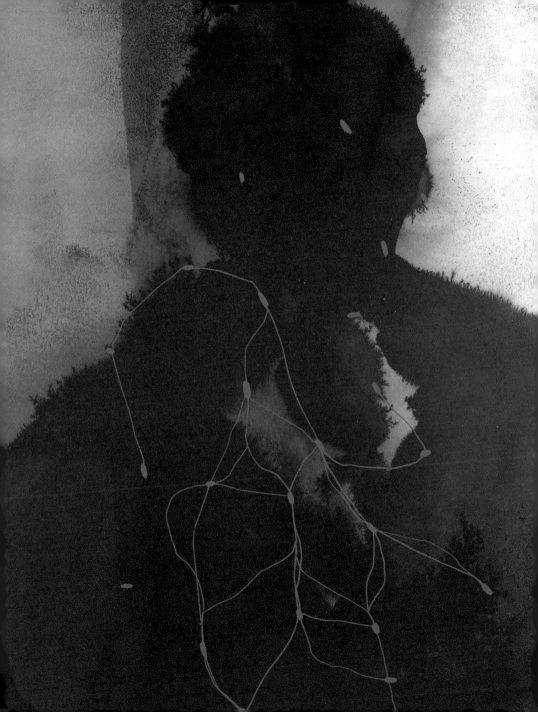

"미리 알려주시지 그러셨습니까. 하지만 저는 시시콜콜하다 할 정도로 정확히 말씀드린 겁니다. 그자에게는 열쇠가 있었고, 지금도 마찬가지예요. 그자가 열쇠로 그 문을 열고 들어가는 걸 본 지가 1주일도 안 됐거든요."

어터슨이 한숨만 푹 내쉴 뿐 입을 닫고 있자 엔필드는 이내 말을 이었다.

"말조심하라는 교훈을 이번에도 실감하는군요. 장황하게 떠벌린 제가 부끄럽습니다. 이 이야기는 여기서 끝내기로 하지요."

"그러세. 그 약속 꼭 지키겠네, 리처드."

하이드 씨를 찾아서

그 날 저녁 어터슨은 혼자 사는 집에 침울한 기분으로 돌아와 저녁을 먹었지만 아무런 맛도 느끼지 못했다. 식사가 끝나면 독서대에 따분한 신학서를 한 권 올려놓고 난롯가에 바싹 다가앉아 있다가 집 근처의 교회 종이 밤 12시를 알리면 맑은 정신으로 감사히 잠자리에 드는 것이 일요일의 일과였다. 하지만 이날 밤엔 식탁이 치워지자마자 촛불을 들고 서재로 갔다. 그러고는 금고를 열어, 가장 깊숙이 처박혀 있는 서류를 꺼냈다. 그 봉투에는 '지킬 박사의 유서'라고 적혀 있었다. 어터슨은 얼굴을 찌푸린 채 서류의 내용을 찬찬히 살폈다. 유서는 지킬의 자필로 쓰여 있었다. 어터슨이 완성된 유서를 맡기는 했지만, 그것을 작성하는 데는 최소한의 도움을 주는 것도 지킬 박사가 거절했기 때문이다. 유서의 내용은 의학 박사, 민법 박사, 법학 박사, 왕립협회 회원 등등의 자격을 가진 헨리 지킬이 사망할 경우 그의 전 재산은 그의 '친구이자 후원자인 에드워드 하이드'에게 상속되고, 지킬 박사가 '3개월 이상 실종되거나 이유 없이 부재할' 경우 즉시 상기의 에드워드 하이드가 상기의 헨리 지킬의 후계자가 되며 박사의 식솔들에게 소액을 지불하는 것 외에 어떠한 부담이나 의무도 지지 않는다는 것이다. 이 서류는 오래전부터 어터슨에게 눈엣가시 같은 존재였다. 변호사로서도 그렇거니와, 변칙을 천박하게 여기고 이성적이고 관례적인 삶을 애호하는 사람으로서도

영 마뜩잖은 유서였다. 지금까지는 하이드가 누군지 몰라서 거슬렸다면, 이제 상황이 급변하여 그를 알게 된 것이 오히려 문제였다. 하이드라는 이름이 더 깊이 캘 수 없는 한낱 이름에 지나지 않았을 때도 가뜩이나 불쾌했는데, 설상가상으로 그 이름에 가증스러운 특징까지 입혀지기 시작했다. 그 오랜 시간 실체 없이 이리저리 움직이며 그의 눈을 가리고 있던 엷은 안개 속에서 느닷없이 명확한 그림의 악마가 툭 튀어나온 것이다.

어터슨은 그 기분 나쁜 서류를 금고에 다시 집어넣으며 말했다.

"미친 짓인 줄 알았더니. 이젠 망신이나 당하지 않을까 걱정되는군."

그러고는 촛불을 훅 불어 끄고 외투를 챙겨 입은 뒤, 병원이 많이 모여 있는 캐번디시 스퀘어로 출발했다. 그의 벗인 훌륭한 래니언 박사가 그곳에 살면서 수많은 환자를 받고 있었다.

'래니언이라면 알지도 모르겠군.'

어터슨을 아는 근엄한 얼굴의 집사가 반갑게 맞아주며 잠시도 지체하지 않고 그를 다이닝룸으로 안내했다. 래니언 박사는 혼자 와인을 마시고 있었다. 작달막한 몸집에 얼굴이 붉고 때 이르게 세어버린 머리칼이 부스스 헝클어진 이 마음 따뜻한 신사는 활기가 넘치고 맺고 끊는 것이 정확한 사람이었다. 어터슨을 보자 그는 의자에서 벌떡 일어나 두 손을 내밀어 반겼다. 그가 습관처럼 내보이는 이 다정함은 다소 과장되어 보이는 면이 있었지만, 감정은 진실했다. 대학까지 학창 시절을 함께 보낸 오랜 벗으로서 두 사람은 그들 자신과 서로를 철저히 존중했으며, 그런 사이라고 꼭 그러하진 아닐진대 둘이 함께하는 시간을 더할 나위 없이 즐겼다.

두서없는 짧은 대화가 오간 후 어터슨은 자신의 뇌리를 찝찝하게 사로잡고 있는 문제로 말을 돌렸다.

"래니언, 아마도 자네와 내가 헨리 지킬의 가장 오랜 벗이겠지?"

"유감스럽게 가장 늙은 벗들이기도 하고 말이야."

래니언 박사는 킬킬 웃고는 말을 이었다.

"어쨌든 자네 말이 맞겠지. 그런데 왜 그러나? 나는 요즘 그 친구를 잘 만나지도 않는다네."

"그런가? 난 두 사람이 관심사가 같아서 잘 통하는 줄 알았는데."

"그랬었지. 그런데 10년이 넘도록 헨리 지킬이 황당무계한 짓을 하는데 감당할 수가 있어야지. 그 친구 망가지기 시작했네, 정신이 망가졌단 말일세. 물론 옛정도 있고 하니 아예 관심을 끊을 순 없지만, 통 안 만났어."

래니언은 갑자기 얼굴을 붉히며 덧붙여 말했다.

"과학적으로 말도 안 되는 잠꼬대를 지껄여대는데…… 다몬과 피티아스*라도 멀어질 수밖에."

이 자그마한 남자가 발끈하는 모습을 보면서 어터슨은 오히려 마음이 놓였다. (양도증서와 관련된 문제를 제외하고는) 과학에 눈곱만큼도 관심이 없는 그는 이렇게 생각했다.

'그저 과학에 대한 의견이 다를 뿐이군. 고작 그런 일로 틀어지다니!'

어터슨은 친구가 화를 가라앉히도록 잠깐의 시간을 준 다음, 이곳에 온 용건을 꺼냈다.

"그 친구가 후원하고 있다는 자를 만난 적이 있나? 하이드라는 사람인데."

래니언이 그 이름을 따라 불렀다.

"하이드? 아니. 들어본 적 없어. 단 한 번도."

33

---

* 고대 그리스의 전설에서 목숨을 걸고 맹세를 지킨 두 친구 - 옮긴이

어터슨은 그만큼의 정보밖에 얻지 못한 채 널찍하고 캄캄한 침대로 돌아와 동이 트기 시작할 때까지 몸을 이리저리 뒤척였다. 칠흑 같은 어둠 속에서 의문들에 둘러싸인 채 괴로워하며 편치 않은 밤을 보냈다.

집에서 아주 가까운 교회 종이 울리며 새벽 6시를 알릴 때도 여전히 어터슨은 그 문제를 파고들고 있었다. 그동안은 논리적으로만 그 문제에 접근했는데, 이제는 공상까지 끼어들더니 멈출 줄을 몰랐다. 커튼 쳐진 방에서 밤의 짙은 어둠 속에 누워 뒤척이는 사이 엔필드의 이야기가 불 밝힌 그림들처럼 그의 머릿속을 연이어 지나갔다. 밤의 도시에 수없이 켜진 가로등이 보였다. 그리고 성큼성큼 걸어가는 한 남자의 형체, 그다음엔 의사의 집에서 달려오는 아이의 형체, 그러다가 두 사람이 부딪히고, 크리슈나 신상 같은 인간은 아이를 짓밟아 뭉개고 아이가 악을 쓰며 울건 말건 그냥 지나가버렸다. 아니면 어느 호화로운 저택의 방이 보였다. 그곳에서 그의 친구가 잠든 채 꿈을 꾸며 그 꿈에 미소 짓고 있었다. 그때 방문이 열리더니, 침대 커튼이 뜯겨나가고, 잠들었던 친구는 깨어나고, 오! 권력을 부여받은 자가 친구 옆에 서 있고, 그 한밤중에도 친구는 일어나 그자의 명령을 따라야 한다. 두 가지 환영 속의 그자가 밤새도록 어터슨의 뇌리에서 떠나질 않았고, 어쩌다 깜박 잠이 든다 해도 그자가 잠든 집들 사이로 더 살그머니 지나가거나, 아니면 가로등이 켜진 도시의 더 넓은 미로 사이로 더 재빠르게, 아찔할 정도로 훨씬 더 재빠르게 움직이다가 길모퉁이마다 아이를 짓밟고 엉엉 우는 아이를 내버려둔 채 가버리는 환영이 보일 뿐이었다. 하지만 그자의 얼굴을 알아볼 수가 없었다. 꿈에서조차 얼굴이 없거나, 아니면 얼굴이 있다 해도 알아볼 수 없는 모양새로 어터슨의 눈앞에서 녹아버렸다. 그러자 하이드의 실제 모습을 보고픈 호기심이 어터슨의 마음속에 무척이나 강하게, 과도하다시피 피어오르더니 점점 더 커져만 갔다. 불가사의한 일들도 잘 조사하면 답을 알 수 있듯, 한 번만 그를 볼 수 있다면 수수께끼가 밝혀지고 어쩌면 한꺼번에 사라져버릴 것도 같았다. 친구가 그 이상한 인물을 아끼는, 혹은 그에게 얽매인(어느 쪽이든 상관없다) 이유, 그리고 유언장에 그렇게 놀라운 조항을 넣은 이유까지 이해할 수 있으리라. 어쨌든 한 번은 그 얼굴을 볼 만한 가치가 있었다. 한 톨의 연민도 없는 인간의 얼굴, 한번 내비친 것만으로도 웬만한 일에 동요하지 않는 엔필드의 마음에 오래도록 증오를 불러일으킨 그 얼굴을.

그때부터 어터슨은 상점이 즐비한 뒷골목의 그 문을 자주 찾아
가기 시작했다. 근무시간 전의 아침에도, 일이 바빠 시간에 쫓기
는 정오에도, 안개 서린 달이 뜬 밤에도, 햇빛 속에서든 조명등 속
에서든, 혼자서든 누군가와 함께든 어터슨은 그 문의 근처를 배회
했다.

'그가 숨는 자라면 나는 찾는 자가 되어주지.'*

그리고 드디어 그의 인내심은 보상을 받았다. 맑고 건조한 어느
밤이었다. 공기 중에는 서리가 끼어 있고, 거리는 무도회장 바닥
처럼 깨끗하고, 바람 한 점 없어 흔들리지 않는 램프 불빛은 빛과
그림자의 규칙적인 무늬를 그려내고 있었다. 밤 10시 무렵 상점들
이 문을 닫자 한적해진 뒷골목은 사방에서 밀려드는 런던의 나지
막한 소음에 아랑곳없이 아주 고요했다. 작은 소리도 멀리까지 실
려 가니, 가정집에서 흘러나오는 소리가 도로 양편에서 또렷하게
들렸다. 누군가가 저 멀리서 다가온다 해도 금방 낌새를 챌 수 있
었다. 몇 분 동안 자리를 지키고 있던 어터슨은 점점 더 가까워지
는 특이하고 가벼운 발소리를 알아차렸다. 순찰하듯 밤거리를 돌
아다니는 사이, 웅성거리고 덜컹거리는 도시의 어마어마한 소음
속에서도 멀찍이 떨어진 사람의 발소리가 돌연 명료하게 들리는
신기한 효과에 익숙해진 지 오래였다. 그렇지만 이토록 날카롭고
확고하게 그의 주의를 끄는 발소리는 처음이었다. 이번엔 성공하
리라는 강력하고도 미신적인 예감이 들자 어터슨은 안뜰 입구로
숨어들었다.

발소리는 순식간에 가까워지더니 거리 끝을 돌면서 느닷없이
확 커졌다. 입구에서 밖을 내다보고 있던 어터슨은 자신이 상대할
사내가 어떤 사람인지 곧 볼 수 있었다. 작은 체구에 아주 수수한

38

옷차림이었는데, 멀리서도 그 생김새가 심한 반감을 불러일으켰다. 사내는 시간을 아끼려는 듯 도로를 건너 곧장 문으로 향하면서, 자기 집에 오는 사람처럼 주머니에서 열쇠를 꺼냈다.

어터슨이 밖으로 나와 지나가는 그의 어깨를 건드렸다.

"하이드 씨?"

하이드는 숨을 꿀걱 삼키며 뒷걸음쳤다. 하지만 두려운 기색도 잠시, 어터슨의 얼굴을 쳐다보지도 않고 차갑게 답했다.

"내 이름이 맞소만, 무슨 용건이시오?"

"보아하니 안으로 들어가실 모양인데. 난 지킬 박사의 오랜 벗, 곤트 가에 사는 어터슨이라오. 내 이름을 들어봤을 거요. 마침 이렇게 만났으니 같이 들어갑시다."

"지킬 박사는 못 만날 거요. 집에 없으니까."

하이드는 열쇠를 자물쇠에 끼워 넣었다. 그러더니 불쑥, 하지만 여전히 고개를 들지 않은 채 물었다.

"나를 어떻게 알았소?"

"당신이 먼저 내 부탁 하나만 들어주면 안 되겠소?"

하이드가 답했다.

"안 될 것도 없지. 뭐요?"

어터슨이 물었다.

"얼굴을 보여주시겠소?"

하이드는 망설이는 듯하더니, 갑자기 무슨 생각이 들었는지 반항기 어린 표정으로 얼굴을 똑바로 들었다. 두 사람은 몇 초 동안 서로를 뚫어져라 노려보았다.

"다음에 만나면 알아볼 수 있겠군. 도움이 되겠어."

어터슨의 말에 하이드가 답했다.

"그래요. 이왕 이렇게 만났으니 내 주소도 알려드리리다."

그리고 그는 소호 가의 번지수 하나를 알려주었다.

'맙소사! 이자도 유언장을 생각하고 있었던 건가?'

어터슨은 이런 속내를 감춘 채 주소를 확인하며 끙하고 앓는 소리만 냈다.

하이드가 말했다.

"그럼 이제 답해주시오. 나를 어떻게 아셨소?"

"인상착의를 들었다오."

"누구한테서요?"

"우리 둘 다 아는 친구들한테서."

하이드는 약간 쉰 목소리로 어터슨의 말을 되풀이했다.

"우리 둘 다 아는 친구들? 누구 말이오?"

"이를테면, 지킬이라든가."

하이드는 발끈하여 얼굴을 붉히며 소리쳤다.

"그랬을 리가 없소. 거짓말할 사람으로 안 봤는데."

"이봐요, 말이 좀 심하잖소."

하이드는 큰 소리로 으르렁거리다 야만스럽게 웃더니, 기이하리만치 날랜 몸놀림으로 문을 열고는 집 안으로 사라져버렸다.

하이드가 사라진 후 어터슨은 불안한 기색으로 잠시 서 있었다. 그러다 느릿느릿 거리를 걷기 시작했지만, 한두 걸음마다 멈춰 서서 곤혹스러운 고민이 있는 듯 손으로 이마를 짚었다. 그가 걸으며 씨름하고 있는 이 문제는 좀처럼 풀릴 기미가 보이지 않았다. 하이드는 창백하고 난쟁이처럼 작달막했으며, 어디가 잘못됐는지 꼭 짚을 순 없어도 기형인 듯한 인상을 주었고, 미소 짓는 얼굴조차 보기 거북했고, 소심함과 배짱이 흉악하게 뒤섞인 태도로 어

터슨을 대했으며, 약간 툭툭 끊어지는 쉰 목소리로 속삭이듯 말했다. 그를 싫어할 만한 이유는 이처럼 넘쳐났지만, 그 모든 점을 다 합친다 해도 어터슨이 지금껏 몰랐던 혐오와 증오, 두려움을 그에게서 느꼈던 이유를 설명할 순 없었다.

당혹감에 빠진 어터슨은 중얼거렸다.

"틀림없이 다른 무언가가 있어. 그게 뭔지는 몰라도 뭔가가 더 있어. 맙소사, 인간의 생김새라고 할 수도 없잖아! 굳이 말하자면 원시인이라고나 할까? 아니면 펠 박사* 같은 경우인가? 아니면 가증스러운 영혼의 빛이 새어 나와 그것을 담고 있는 진흙 그릇의 모양을 바꿔버린 걸까? 아마도 그게 답이겠지. 왜 그런가 하면, 오 나의 가여운 헨리 지킬, 내가 사람의 얼굴에서 악마의 징후를 봤다면 그건 바로 자네 새 친구의 얼굴에서라네."

뒷골목의 모퉁이를 돌자 멋들어진 고택이 모여 있는 구역이 나왔다. 이제 대부분의 집은 예전의 위용을 잃어 낡은 티가 났고, 각양각색의 사람이 꽉꽉 들어차 있었다. 지도를 새기는 조각공, 건축가, 수상쩍은 변호사, 정체불명의 기업에 다니는 직원들. 하지만 모퉁이에서 두 번째 집만은 세입자들 없이 주인이 통째로 사용하고 있었다. 지금은 채광창을 빼고는 어둠에 잠겨 있지만 부유하고 안락한 분위기가 넘쳐흐르는 이 집에 이르자 어터슨은 걸음을 멈추고 문을 두드렸다. 잘 차려입은 초로의 집사가 문을 열었다.

"지킬 박사는 집에 있는가, 풀?"

어터슨이 물었다.

"알아보겠습니다, 변호사님."

풀은 널찍하고 천장이 낮으며 안락한 홀로 손님을 들였다. 홀에는 판석이 깔려 있고, (시골 별장 풍으로) 밝은 난롯불이 따스하게

---

* 1680년에 지어진 영국 동요 「난 당신이 싫어요, 펠 박사님」에 등장한다. 그 가사는 다음과 같다. '난 당신이 싫어요, 펠 박사님. 박사님이 싫은 이유는 알 수 없지만, 이것만은 잘 알아요. 난 당신이 싫어요, 펠 박사님.' - 옮긴이

피워져 있고, 값비싼 오크 진열장들이 놓여 있었다.   43

"난롯가에서 기다리시겠습니까? 아니면 다이닝룸에 불을 피워
드릴까요?"

"여기 있겠네, 고맙네."

어터슨은 그렇게 답한 뒤 난로로 다가가 높은 철사망에 기댔다.
이제 그 혼자 남겨진 이 홀은 친구인 지킬이 애지중지하는 공간이
고, 어터슨 자신도 이곳이 런던에서 가장 쾌적한 방이라고 입버릇
처럼 말하곤 했다. 하지만 오늘 밤엔 그의 핏속에 한기가 돌았다.
하이드의 얼굴이 기억에 강렬하게 박혔고, (그에게는 드문 일인
데) 삶에 대한 혐오와 염증이 일었다. 침울한 기분 탓인지 유리 진
열장에 반사된 깜박이는 난롯불도, 천장에 께름칙하게 드리워진
그림자도 위협적으로 느껴졌다. 곧 풀이 돌아와 지킬 박사가 집에
없다고 알리자 어터슨은 부끄럽게도 마음이 놓였다.

"하이드 씨가 옛 해부실 문으로 들어가는 걸 봤다네, 풀. 지킬 박사가 자리를 비웠을 때 그래도 되는 건가?"

집사가 답했다.

"네, 변호사님. 하이드 씨한테 열쇠가 있거든요."

"자네 주인이 그 젊은이를 철석같이 믿는 모양이군, 풀."

어터슨은 생각에 잠긴 채 말했다.

"네, 변호사님. 정말 그렇답니다. 우리 모두 그분께 복종하라는 지시를 받았거든요."

"나는 하이드 씨를 한 번도 못 만난 것 같네만?"

"아, 그러시겠지요. 하이드 씨는 여기서 식사를 안 하시거든요. 사실 집의 이쪽 편에서는 우리도 그분을 거의 못 봅니다. 주로 실험실에 계시니까요."

"알겠네. 잘 있게나, 풀."

"안녕히 가십시오, 변호사님."

집으로 향하는 어터슨의 마음은 무척 무거웠다.

'헨리 지킬, 이 딱한 사람, 아무래도 곤경에 빠진 것 같군! 그 친구 소싯적엔 무모했지. 오래전엔 확실히 그랬어. 하지만 신의 율법에 공소시효란 없으니. 아아, 그렇게 된 거로군. 먼 옛날에 저지른 죄가 망령이 되어 찾아오고, 숨겨두었던 추행이 종양처럼 그를 좀먹고 있는 거야. 기억을 잊고 자기애로 잘못을 눈감아버린 후 오랜 세월이 흘러 벌을 받는구나, 페데 클라우도pede claudo, 형벌이 절뚝거리며 찾아오는구나.'

어터슨은 그런 생각을 하다가 겁에 질려 자신의 과거를 잠시 되씹어보았다. 오래전에 저질렀던 부정한 행위가 장난감 상자 속 인형처럼 갑자기 툭 튀어나오지나 않을까, 기억을 낱낱이 더듬었다.

44

그의 과거는 꽤 떳떳했다. 그렇게 큰 불안감 없이 인생을 되돌아볼 수 있는 사람도 그리 많지 않으리라. 그래도 그는 자신이 행했던 수 많은 나쁜 일이 떠올라 겸허해졌고, 이런저런 악행을 범할 뻔했으나 모면한 것에 서늘하고도 두려운 고마움을 느꼈다. 그러다 원래의 고민으로 돌아가자 희망의 불씨가 피어올랐다.

'이 하이드라는 자를 철저히 캐보면 나름의 비밀이 드러날 테지. 그 작자의 생김새를 보건대 분명 악질적인 비밀이 있을 거야. 가여운 지킬의 가장 고약한 비밀도 그에 비하면 새 발의 피겠지. 이대로 계속 내버려둘 순 없어. 그 작자가 도둑처럼 지킬의 침대 옆으로 살금살금 다가간다고 생각하면 등골이 오싹해진다니까. 불쌍한 지킬, 깨어나면 얼마나 기겁할까! 위험하기는 또 얼마나 위험한가. 하이드라는 놈이 유언장의 존재를 눈치채면, 하루빨리 재산을 상속받으려 안달할 테니. 아, 지킬이 허락만 해준다면 내가 발 벗고 나서야겠어.'   45

그는 덧붙여 생각했다.

'지킬이 허락해준다면 말이야.'

유언장의 기묘한 조항들이 투명하리만치 또렷하게 또 한 번 어터슨의 머릿속에 떠올랐다.

태평한
지킬박사

두 주가 지난 어느 날, 마침 운 좋게도 지킬 박사가 옛 친구 대여섯 명에게 유쾌한 저녁 식사를 대접했다. 하나같이 지적이고 덕망 높으며 좋은 와인을 알아볼 줄 아는 이들이었다. 어터슨은 다른 친구들이 떠난 후에도 일부러 남았다. 이런 일은 처음이 아니라 이전에도 여러 번 있었다. 어터슨을 한번 좋아하게 된 사람은 그를 무척이나 아꼈다. 손님을 접대한 주인은 가볍게 수다를 떨어대던 자들이 문턱을 넘어가고 나면 이 무미건조한 변호사를 붙잡아두고 싶어 했다. 고되고 피로했던 향락의 시간이 끝난 후 잠시라도 점잖은 이와 함께 앉아, 그의 농밀한 침묵 속에 정신을 맑게 깨우며 고독을 누리는 것이 좋아서였다. 이 법칙에는 지킬 박사도 예외가 아니었다. 지금 난로를 사이에 두고 어터슨과 마주 앉은 지킬 – 균형 잡힌 거구에 얼굴에는 수염 자국 하나 없는 쉰 살의 남자, 약간은 교활한 구석이 엿보일지 몰라도 어느 모로 보나 유능하고 다정한 인상이다 – 의 표정을 보면 어터슨에게 얼마나 진심 어리고 따스한 애정을 품고 있는지 알 수 있었다.

어터슨이 먼저 말문을 뗐다.

"자네와 얘기를 나누고 싶었네, 지킬. 자네 유언장 말일세."

달갑지 않은 기색을 설핏 내비치면서도 지킬은 유쾌하게 받아쳤다.

"딱한 어터슨, 의뢰인을 잘못 만나 자네도 고생이군. 내 유언장

때문에 자네만큼 속 끓이는 사람도 없지. 앞뒤 꽉 막힌 공론가 래니언을 제외하면 말이지. 내가 과학적인 이단에 빠졌다고 하더군. 아, 그 친구가 좋은 사람이라는 건 나도 알아. 얼굴 찌푸리지 말게, 아주 좋은 사람이지. 하지만 어쨌든 앞뒤 꽉 막힌 공론가인 것도 사실이야. 무지하고 뻔뻔한 공론가. 사람한테 이렇게 실망한 적은 처음이라네."

"자네도 알다시피 난 한 번도 찬성한 적 없어."

어터슨은 지킬이 꺼내든 새로운 화제를 가차 없이 잘라버리며 자신의 용건을 밀어붙였다.

"내 유언장 말인가? 그래, 확실히 그렇지. 나도 알고 있어. 자네가 그렇게 말했으니까."

지킬의 말투가 조금 날카로워졌다.

"좋아, 다시 한 번 말하지. 하이드라는 젊은이에 대해 내가 조금 알게 됐거든."

어터슨이 이렇게 말하자 지킬 박사의 큼직하고 잘생긴 얼굴이 입술까지 새하얗게 질리더니 눈가가 거뭇해졌다.

"더 듣고 싶지 않네. 그 문제는 더 이상 거론하지 않기로 합의가 됐던 것 같은데."

"정말 끔찍한 이야기를 들었단 말일세."

지킬은 뜻 모를 답을 했다.

"그런다고 아무것도 바뀌지 않아. 자네가 내 입장을 몰라서 그래. 지금 내 처지가 아주 곤란하단 말일세, 어터슨. 입장이 기묘해, 아주 기묘하다고. 대화로 해결될 문제가 아니야."

"지킬, 날 알잖나. 믿어주게. 나한테 속 시원히 털어놔. 내가 반드시 해결해줄 테니까."

"내 친구 어터슨, 고맙네. 정말 고마워, 이루 말할 수 없을 정도로. 자네를 전적으로 믿어. 이 세상 누구보다, 아니 나 자신보다 자네를 믿겠어. 선택을 할 수 있다면 말이야. 하지만 자네가 생각하는 것처럼 그렇게 나쁜 일은 아니라네. 이 사실을 말해주면 자네도 안심할 수 있겠군. 내가 마음만 먹으면 그 자리에서 하이드를 없앨 수 있다네. 한 치의 거짓도 없는 사실이야. 자네한테는 고맙고 또 고마워. 그리고 한마디만 더 하겠네, 어터슨. 자네라면 흔쾌히 이해해주겠지. 이건 개인적인 문제니까 부디 더 이상은 캐묻지 말아주게."

어터슨은 난롯불을 바라보며 잠깐 생각에 잠겼다. 그리고 자리에서 일어나며 말했다.

"자네 말이 전적으로 옳아."

"이번이 마지막이길 바라지만, 그래도 기왕 말이 나온 김에 자네가 이해해줬으면 하는 점이 한 가지 있네. 나는 불쌍한 하이드가 정말 신경 쓰인다네. 자네도 그 사람을 만났다지. 하이드에게 들었거든. 하이드가 무례하게 굴지는 않았나 걱정이군. 하지만 난 그 젊은이에게 진심으로, 아주, 대단히 관심이 많아. 그러니 내가 죽으면 자네가 그 친구를 잘 참아주고 권리를 챙겨주게. 자네가 다 알아서 해주리라 믿지만 말이야. 자네가 약속해준다면 내 마음의 짐을 내려놓을 수 있을 걸세."

"그자를 좋아하는 척 연기할 수는 없네."

그러자 지킬은 어터슨의 팔에 손을 얹으며 애원했다.

"그렇게 해달라는 게 아니야. 난 그저 정의를 원하는 걸세. 내가 이 세상에 없을 때 나를 위해 그를 도와달라는 것뿐이야."

어터슨은 억누를 수 없는 한숨을 푹 내쉬었다.

"좋아, 약속하지."

커루
살인
사건

거의 1년이 지난 18××년 10월, 런던을 발칵 뒤집어놓은 범죄가 발생했다. 유례없이 잔인한데다 피해자가 지위 높은 인사인 까닭에 그 사건은 한층 더 이목을 끌었다. 사건 경위는 단순하면서도 충격적이었다. 강에서 그리 멀지 않은 집에 혼자 살면서 하녀로 일하는 여자가 밤 11시쯤 잠자리에 들기 위해 위층으로 올라갔다. 한밤중에는 온 도시가 안개에 뒤덮였지만 이른 밤에는 구름 한 점 없었고, 창밖으로 내다보이는 골목길은 보름달이 훤하게 비춰주고 있었다. 낭만적인 기질이 있었는지 하녀는 창문 바로 밑에 놓아둔 상자에 앉아 몽상에 빠졌다. 그 어느 때보다 인간에 대한 애정이 넘쳐나고 세상이 아름답게 느껴졌다(그날 밤에 겪은 일을 이야기할 때면 그녀는 눈물을 줄줄 흘리며 그렇게 말하곤 했다). 그리고 그녀는 골목길을 걸어오는 백발의 멋진 노신사를 보았는데, 작달막한 또 다른 남자가 노신사에게 다가가고 있었다. 처음에 하녀는 그 남자를 별로 눈여겨보지 않았다. 두 남자가 대화를 할 수 있을 만큼 가까워졌을 때(하녀가 지켜보는 곳 바로 아래였다) 노신사가 고개를 숙여 인사하더니 아주 정중한 태도로 상대에게 말을 걸었다. 그리 중요한 이야기는 아닌 듯 보였다. 손가락으로 어딘가를 가리키는 모양새를 보면, 그저 길을 묻고 있는 것처럼 보이기도 했다. 그때 노신사의 얼굴이 달빛에 비쳤고, 하녀는 즐거운 마음으로 그 얼굴을 보았다. 순수하고 예스러운 다정

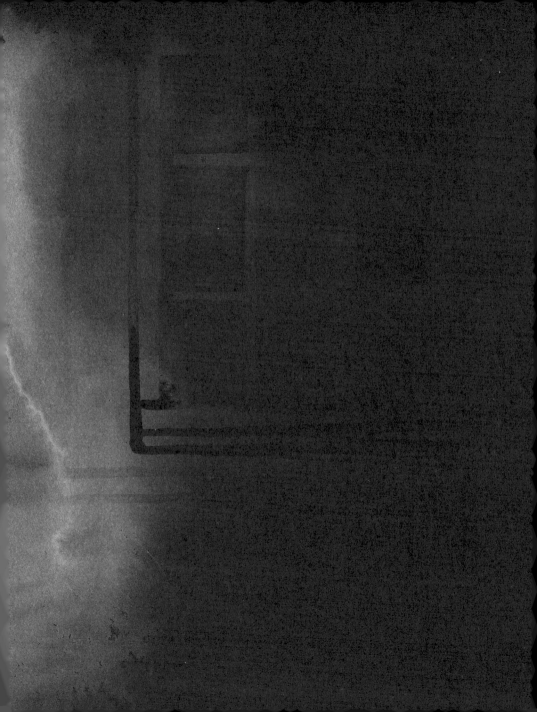

그녀가
　　정신을 차리고

　　　　　　　　경찰에 신고한 건

　　　　　새벽 2시였다.

함이 풍기면서도 근거 있는 자기 만족감 같은 고귀한 무언가가 깃든 얼굴이었다. 곧 상대 남자에게로 시선을 옮겨간 하녀는 그가 하이드임을 알아보고 깜짝 놀랐다. 언젠가 자신이 모시는 주인을 찾아왔는데 왠지 마음에 들지 않았던 바로 그 사람이었다. 하이드는 한 손에 든 묵직한 지팡이를 만지작거릴 뿐 한마디도 답하지 않았고, 견디기 힘든 듯 조바심을 내며 노신사의 말을 듣고 있었다. 그러다 갑작스레 노발대발하더니 발을 구르고 지팡이를 함부로 내저으며 미치광이처럼 난리를 쳤다(하녀의 설명에 따르면 그랬다). 노신사가 깜짝 놀란 듯, 조금 상처받은 듯 한 발짝 물러서자 하이드는 마음껏 지팡이를 휘둘러 노신사를 때려눕혔다. 그러고는 다음 순간 유인원처럼 미쳐 날뛰며 먹잇감을 짓밟아 뭉개고 주먹질을 마구 퍼부었다. 그 밑에서 뼈가 우두둑 으스러지고 몸뚱어리가 도로 위에서 펄떡거렸다. 그 끔찍한 광경과 소리에 하녀는 실신하고 말았다.

그녀가 정신을 차리고 경찰에 신고한 건 새벽 2시였다. 살인범은 오래전에 가버리고 없었지만, 골목길 한복판에 피해자가 차마 눈 뜨고 못 볼 정도로 짓이겨진 채 쓰러져 있었다. 흉기로 쓰인 지팡이는 희귀하고 아주 단단하며 묵직한 나무로 만들어졌는데도 이 무자비한 폭력 행위에 못 이겨 두 동강이 나버렸다. 쪼개진 반쪽은 근처 배수로로 굴러 들어가 있었다. 나머지 반쪽은 의심할 바 없이 살인범이 가져갔으리라. 피해자의 시신에서 지갑과 금시계가 발견되었지만 명함이나 신분증은 없고, 봉해서 우표를 붙인 봉투 하나뿐이었다. 아마 우편으로 부칠 생각이었을 그 봉투에는 어터슨의 이름과 주소가 적혀 있었다.

그 봉투는 다음 날 아침 아직 침대에서 나오지도 못한 어터슨에게 전달되었다. 봉투를 보고 정황을 듣자마자 그는 침통하니 입술을 쑥 내밀었다.

"시신을 보기 전까지는 한마디도 하지 않겠소. 아주 심각한 문제일 수도 있으니. 옷 갈아입을 시간을 좀 주시오."

그리고 어터슨은 여전히 심각한 얼굴로 부랴부랴 아침 식사를 해치우고, 시신이 옮겨진 경찰서로 달려갔다. 안치실로 들어가자마자 어터슨은 고개를 끄덕였다.

"그래요, 내가 아는 분이 맞소. 유감스럽게도 댄버스 커루 경이라오."

"맙소사, 설마요."

경관이 탄성을 질렀지만 다음 순간 그의 눈빛은 경찰다운 의욕으로 번득였다.

"꽤 시끄러워지겠는데요. 어쩌면 선생께서 범인 체포를 도와주실 수 있을지도 모르겠습니다."

그러고는 하녀가 목격한 범행 장면을 설명하고 부러진 지팡이를 보여주었다.

어터슨은 하이드라는 이름을 듣는 순간 뜨끔했다. 하지만 지팡이가 그의 눈앞에 놓이자 더 이상 의심의 여지가 없었다. 부러지고 망가지긴 했어도, 수년 전에 다름 아닌 그 자신이 헨리 지킬에게 선물한 지팡이가 틀림없었다.

"이 하이드라는 사람, 몸집이 작다고 하던가요?"

어터슨이 물었다.

"하녀 말로는, 유난히 작고 악랄하게 생겼다는군요."

경관의 대답에 어터슨은 생각에 잠겼다가 고개를 들고 말했다.

"내 마차로 같이 갑시다. 그자가 사는 곳으로 데려다주리다."

이제 오전 9시경이었고, 계절이 바뀐 뒤 첫 안개가 피었다. 초콜 릿색 안개가 거대한 장막처럼 하늘 나지막이 깔려 있는데, 바람이 이 수증기의 요새를 끊임없이 건드리며 흩뜨려놓았다. 마차가 이 거리 저 거리를 기어가듯 달려가는 동안 어터슨은 어스름이 시시 각각 색조를 달리하며 경탄할 만큼 자주 바뀌는 광경을 지켜보았 다. 저녁 끝 무렵처럼 어둑하다가도 어느 기묘한 대화재의 빛처럼 농밀하고 강렬한 갈색이 타올랐고, 그런가 하면 일순간 안개가 흩 어지고 동그란 소용돌이 사이로 초췌한 햇살이 번쩍였다. 그렇듯 변화하는 광경 속에서 소호 가의 음산한 구역이 보였다. 질퍽질퍽 한 길, 칠칠치 못한 행색의 행인들, 그리고 한 번도 꺼진 적이 없거 나 혹은 또다시 침략하려는 이 구슬픈 어둠에 맞서 싸우려 새로이 밝혀진 가로등, 이 모든 것이 어터슨의 눈에는 악몽 속의 도시 거

64   리처럼 보였다. 그뿐 아니라 그의 상념이야말로 가장 침울한 빛깔 로 물들어 있었다. 마차에 함께 탄 경관을 힐끗 보니, 문득 법과 법 집행관에 대한 두려움이 조금 일었다. 아무리 떳떳한 사람이라도 가끔은 그런 공포가 엄습하게 마련이다.

마차가 목적지에 가까워졌을 때 안개가 조금 걷히면서 우중충 한 거리가 드러났다. 요란스레 꾸며진 싸구려 술집, 변변찮은 프 랑스 음식점, 삼류 소설과 값싼 샐러드를 파는 가게, 문간에 옹기 종기 모여 있는 누더기 차림의 수많은 아이들, 해장술을 마시러 열쇠를 챙겨 들고 나가는 여러 국적의 여인들. 다음 순간 암갈색 안개가 다시 내려앉으며 상스러운 주변 풍경을 차단해버렸다. 이 곳이 바로 헨리 지킬에게 총애받는 자, 25만 파운드를 상속받게 될 남자의 집이었다.

상앗빛 얼굴에 은발인 노파가 문을 열었다. 악랄한 얼굴을 가

식으로 잘 감추고 있었지만 그들을 대하는 태도는 나무랄 데 없이 정중했다. 노파는 여기가 하이드 씨의 집이 맞지만 그는 집에 없다고 말했다. 밤늦게 집에 들어왔다가 한 시간도 채 지나지 않아 다시 나갔는데, 별난 일도 아니라고 했다. 생활이 워낙 불규칙해서 집을 비우는 일이 잦고, 어제도 거의 두 달 만에 그를 봤다는 것이었다.

"잘 알겠소. 그럼 하이드 씨의 방을 좀 봅시다."

노파가 거부하려는 기색을 보이자 어터슨은 덧붙여 말했다.

"이분이 누군지 말씀드려야겠군. 런던 경찰국의 뉴커먼 경위님이라오."

노파의 얼굴에 밉살스러운 환희가 휙 스쳐 지나갔다.

"어머나! 주인님이 곤경에 처했군요! 무슨 짓을 저질렀나요?"

어터슨과 경위는 시선을 주고받았다. 이번에는 경위가 말했다.

"그리 평판이 좋은 양반은 아닌 모양이군. 이봐요, 나와 이 신사분이 들어가서 집 안을 한 번만 둘러보게 해주시오."

노파만 아니라면 텅 비었을 집에서 하이드가 사용하는 방은 고작 두 개였지만 호화롭고 고급스럽게 꾸며져 있었다. 벽장에는 와인이 가득하고, 접시는 은제였고, 식탁보는 우아했다. 벽에 근사한 그림이 걸려 있었는데, (어터슨이 생각하기에는) 그림 보는 눈이 높은 헨리 지킬이 선물한 듯했다. 카펫은 두툼하고 색깔이 산뜻했다. 하지만 최근에 누군가가 급하게 방 안을 샅샅이 뒤진 흔적이 고스란히 남아 있었다. 주머니 속을 밖으로 뒤집어놓은 옷가지가 바닥 여기저기에 흩어져 있고, 자물쇠를 채우는 서랍이 열려 있고, 종이를 많이 태운 듯 난로에 회색 재가 수북했다. 경위는 불씨 사이에서 타다 만 녹색 수표책 쪼가리를 파냈다. 지팡이의 나머지 반쪽이 문 뒤에서 발견되었다. 이로써 의혹이 사실로 확인되자 경위는 기쁜 내색을 감추지 못했다. 은행에 가서 살인범 명의로 된 수천 파운드까지 찾아내고 나서는 더 이상 바랄 것이 없었다.

경위가 어터슨에게 말했다.

"이제 됐습니다. 놈을 잡았어요. 그 자식 정신이 나갔나 봅니다. 지팡이를 남기고 간 걸 보면 말입니다. 더군다나 수표책을 태우다니요. 놈한테는 돈이 꼭 필요하잖습니까. 이제 은행에서 기다리면서 수배 전단이나 돌리면 되겠어요."

하지만 마지막 부분은 그리 쉬운 일이 아니었다. 하이드를 잘 아는 사람이 거의 없기 때문이었다. 목격자인 하녀의 주인조차 그를 고작 두 번 봤을 뿐이고, 그의 가족은 도무지 찾을 수 없었으며, 그가 찍힌 사진 한 장 없었다. 그의 생김새를 설명할 수 있는 몇 안 되는 사람들도 보통의 목격자들이 그렇듯 저마다 다른 이야기를 들려주었다. 그런데 오직 한 가지 점에서만은 모든 이들의 진술이 일치했다. 그 도망자는 어딘가 모르게 기형인 듯한 인상을 풍기는데, 한 번 보고 나면 좀처럼 잊히지 않는다는 것이었다.

기이한 편지

　　날 오후 늦게 어터슨은 지킬 박사의 집을 찾았다. 풀은
지체 없이 그를 집 안으로 들이더니, 부엌을 지나고 한
때 정원이었던 마당을 가로질러, 무심하게 실험실 혹은 해부실이
라고 부르는 건물로 그를 안내했다. 지킬은 어느 유명한 외과의
사의 상속자에게서 이 집을 샀는데, 해부학보다는 화학 쪽에 관
심이 많아서 정원 끝에 있는 건물의 용도를 바꾸었다. 어터슨이
친구 집의 이 부분에 들어오도록 허락을 받은 것은 이번이 처음
이었다. 그는 창문 하나 없는 거무칙칙한 건물을 호기심 어린 눈
으로 빤히 바라보다가, 강의실을 지나갈 때 불쾌한 이질감을 느
끼며 주위를 둘러보았다. 한때 열성적인 학생이 가득했던 그곳은
이제 으스스하고 적막했다. 탁자에는 화학 기구가 잔뜩 쌓여 있
고, 바닥에는 나무 상자와 포장용 끈이 어질러져 있고, 천장의 흐
릿한 채광창으로 햇살이 어슴푸레 내리비치고 있었다. 저쪽 끝에
있는 계단을 한 층 올라가자 붉은 베이즈를 씌운 문이 나왔고, 어
터슨은 그 문을 지나 드디어 지킬의 서재로 들어갔다. 벽을 따라
유리 진열장이 쭉 늘어선 널찍한 방에서 전신 거울과 책상이 유
난히 눈에 띄었다. 쇠창살이 질러진 세 개의 먼지투성이 창문 너
머로 안뜰이 내다보였다. 벽난로에 불이 피워져 있고, 집 안에도
안개가 자욱하게 끼기 시작한 터라 벽난로 선반에 램프가 켜져
있었다. 그리고 그 따스한 난로 가까이에 지킬이 앉아 있었다. 병

73

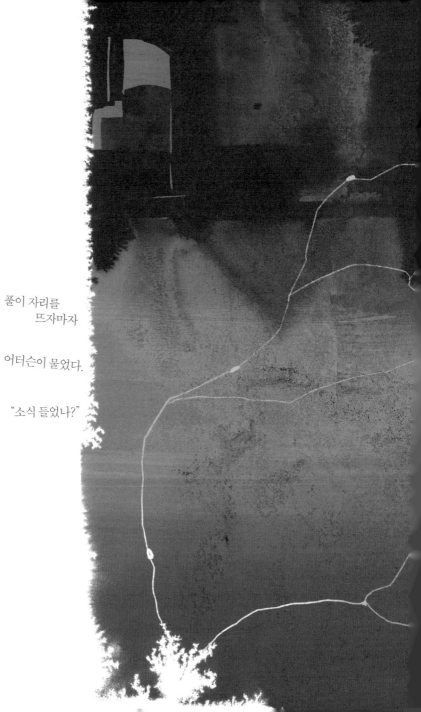

풀이 자리를
뜨자마자

어터슨이 물었다.

"소식 들었나?"

색이 완연한 모습이었다. 지킬은 일어나서 손님을 맞는 대신, 차가운 손을 내밀며 평소와 다른 목소리로 인사했다.

풀이 자리를 뜨자마자 어터슨이 물었다.

"소식 들었나?"

지킬은 몸서리를 쳤다.

"동네 사람들이 어찌나 시끄럽게 떠들어대는지 우리 집 다이닝 룸에서도 다 들리더군."

"한마디만 하지. 커루는 내 의뢰인이었지만 자네도 마찬가지야. 그러니 나도 상황을 알아야겠네. 설마 터무니없이 그놈을 숨겨준 건 아니겠지?"

지킬이 울부짖었다.

"어터슨, 하느님께 맹세하네. 하느님께 맹세컨대, 다시는 그자를 만나지 않겠어. 내 명예를 걸고 말하는데, 그자와 인연을 끊었네. 완전히 끝났어. 내 도움을 바라지도 않더군. 자네는 몰라도 나는 그자를 알아. 이제 그자가 남을 해코지할 일은 없어, 없고말고. 잘 듣게, 그자의 소식이 들릴 일은 두 번 다시 없을 걸세."

침울하게 귀를 기울이고 있던 어터슨은 지나치게 흥분한 듯한 친구의 태도가 마음에 걸렸다.

"자네는 그자를 꽤나 믿는 모양이군. 자네를 위해서도 그 말이 맞길 바라네. 재판이 열리면 자네 이름이 거론될지도 모르니까."

"믿고말고. 아무한테도 말해줄 순 없지만 확실한 근거가 있네. 그런데 자네가 조언해줬으면 하는 일이 한 가지 있어. 내가 말이야, 내가 편지를 한 통 받았는데, 경찰한테 보여줄지 말지 갈피를 못 잡겠단 말일세. 편지를 자네한테 맡기고 싶네. 어터슨, 자네라면 반드시 현명한 결정을 내릴 테지. 난 자네를 철석같이 믿어."

어터슨이 물었다.

"그 편지 때문에 그자가 발각될까봐 걱정돼서 그러나?"

"아니, 그자가 어떻게 되든 관심 없어. 인연을 끊었으니까. 이 가증스러운 사건 때문에 내 인격이 다소간 드러난 점이 걱정이지."

어터슨은 잠시 생각에 잠겼다. 친구의 이기적인 태도가 놀라우면서도 다른 한편으로는 마음이 놓였다. 마침내 어터슨이 입을 열었다.

"일단 그 편지를 보여주게."

기이하고도 꼿꼿한 글씨로 쓰인 편지에 '에드워드 하이드'라는 서명이 남겨져 있었다. 은인인 지킬 박사가 오랫동안 베풀어준 엄청난 은혜에 제대로 보답하지 못했다, 확실히 믿을 만한 방법으로 도피할 테니 자신의 안전은 걱정하지 말라는 내용을 담은 짤막한 편지였다. 어터슨은 이 편지가 퍽 마음에 들었다. 생각했던 것만큼 두 사람의 사이가 그리 가까운 것 같지 않았다. 어터슨은 예전에 의심했던 자신을 책망했다.

"봉투는 어디 있나?"

"태워버렸네. 그러고 나서야 정신이 들었지. 하지만 소인이 안 찍혀 있었어. 인편으로 받았거든."

"내가 이 편지를 가져가서 생각 좀 해봐도 되겠나?"

"결정은 전적으로 자네에게 맡기겠네. 이젠 나도 나 자신을 믿을 수가 없거든."

"그래, 한번 고려해보지. 그리고 한 가지만 더 묻겠네. 실종에 관한 조항을 유언장에 넣자고 한 사람이 하이드였나?"

지킬은 갑작스레 현기증이 이는 듯하더니 입을 꾹 다문 채 고개를 끄덕였다.

"그럴 줄 알았네. 그자는 자네를 죽일 생각이었던 거야. 자네는 잘 모면한 걸세."

지킬은 근엄하게 답했다.

"나는 훨씬 더 유익한 걸 얻었어. 교훈을 얻었지. 오, 맙소사, 어터슨, 얼마나 대단한 교훈인가!"

그러고는 잠시 두 손으로 얼굴을 가렸다.

어터슨은 집에서 나가는 길에 풀과 잠깐 한두 마디 이야기를 나누었다.

"그런데 말일세, 오늘 편지를 한 통 가져온 사람이 있었다는데, 어떻게 생겼던가?"

하지만 풀은 우편물밖에 오지 않았다고 확신하며 덧붙였다.

"그마저도 광고 전단뿐이었습니다."

이 새로운 정보에 어터슨은 다시금 두려워졌다. 그 편지는 실험실 문을 통해 들어온 것이 분명하고, 아마도 서재에서 작성되었을 터였다. 그렇다면 아까 내렸던 결론을 버리고 좀 더 신중하게 접근해야 했다. 어터슨이 인도로 나가자 신문팔이 소년들이 목이 쉬도록 외쳐대고 있었다.

"호외요! 충격적인 하원의원 피살 사건이요!"

어터슨의 벗이자 의뢰인이었던 이를 추도하는 기사였다. 어터슨은 또 다른 친구도 추문의 회오리에 휘말려 이름에 먹칠을 하게 될까 걱정스러웠다. 어쨌든 어려운 결정이 맡겨졌고, 웬만해서는 남에게 의지하는 법이 없는 어터슨도 조언을 얻고픈 마음이 간절해졌다. 직접적으로 조언을 구할 만한 일은 아니니 은근슬쩍 끌어내리라, 하고 어터슨은 생각했다.

얼마 뒤 어터슨은 난롯가에 사무장인 게스트와 마주 앉아 있었다. 둘 사이의 중간 즈음, 난롯불에서 적당히 떨어진 자리에 와인 한 병이 놓여 있었다. 볕이 들지 않는 지하에 오랫동안 묵혀두었던 특별한 와인이었다. 날개를 펼치며 고요히 내려앉은 안개에 잠겨버린 도시는 석류석 같은 램프 불빛으로 빛났다. 도시의 일상은 숨 막힐 듯 낮게 깔린 구름 사이를 뚫고서 강풍처럼 떠들썩하게 대동맥을 타고 여전히 굴러가고 있었다. 하지만 난롯불이 밝혀진 방 안은 화사한 분위기였다. 와인의 신맛은 날아간 지 오래고, 색유리창의 빛깔이 점점 짙어질수록 와인의 자줏빛은 세월 따라 은

은해졌다. 산허리 포도밭에 내리비치는 뜨거운 가을 오후 햇살이 당장이라도 자유롭게 풀려나 런던의 안개를 흩뜨려놓을 참이었다. 어터슨은 자신도 알아차리지 못하는 사이에 마음이 풀어졌다. 게스트만큼 그가 속을 터놓고 지내는 이는 없었다. 비밀을 지키려 해도 어느새 말해버리곤 했다. 게스트는 업무차 지킬 박사의 집에 종종 들른데다 풀도 알고 있으니, 그 집을 자주 드나드는 하이드의 소식을 듣지 못했을 리 없고, 그 나름의 결론을 내렸을 터였다. 그렇다면 이 불가사의한 사건을 이해시켜줄 편지를 게스트에게도 보여줘야 하는 거 아닌가? 그 기묘한 글을 읽는다면 분명 한마디를 던질 테고, 그 의견을 고려하여 앞으로의 계획을 세울 수 있지 않을까?

"댄버스 경이 참 안됐지 뭔가."

어터슨이 말했다.

"네, 변호사님. 정말 그래요. 국민들이 애석해하고 있지요. 범인은 미치광이가 틀림없어요."

"그 문제와 관련해서 자네 의견을 듣고 싶네. 그자의 필체가 담긴 편지가 내 수중에 있는데 말이야. 우리끼리만 아는 얘기로 해야 하네, 이 편지를 어떻게 해야 할지 나도 모르겠거든. 참으로 고약한 일이지. 어쨌든 여기 있네. 한번 보게. 살인범의 자필일세."

게스트는 눈을 반짝이며 당장에 편지를 꼼꼼히 살피더니 말했다.

"아니, 미치광이가 쓴 글이 아니네요. 그런데 글씨가 이상하긴 하군요."

"그걸 쓴 사람 자체도 어느 모로 보나 이상하지."

어터슨이 그렇게 말하는 순간, 하인이 쪽지 한 장을 들고 들어왔다.

"지킬 박사님이 보내신 건가요? 제가 아는 글씨 같은데요. 사적인 내용인가요, 변호사님?"

"그냥 저녁 식사 초대장이야. 왜 그러나? 한번 보겠나?"

"잠깐만 보겠습니다. 고맙습니다."

게스트는 종이 두 장을 나란히 놓고 거기에 담긴 글을 꼼꼼히 비교했다. 그러고는 마침내 이렇게 말하며 두 장 모두 돌려주었다.

"됐습니다, 변호사님. 필체가 아주 흥미롭군요."

잠시 정적이 흐르는 사이 어터슨은 속으로 애를 태우다가 불쑥 물었다.

"글씨를 왜 비교해본 건가, 게스트?"

"그게 말입니다, 두 필체가 약간 특이하게 닮았거든요. 많은 부분이 동일한데 기울기만 달라요."

"그건 좀 이상하군."

"변호사님 말씀처럼 좀 이상한 일이지요."

"이 편지에 대해선 아무한테도 얘기하지 말게."

"네, 변호사님. 알겠습니다."

그날 밤 혼자 남겨지자마자 어터슨은 편지를 금고에 집어넣고 자물쇠를 채웠다. 그 순간부터 편지는 금고에 그대로 남아 있었다.

'맙소사! 헨리 지킬이 살인범을 지키겠다고 위조까지 하다니!'

어터슨은 피가 차갑게 식어 내리는 기분이었다.

래니언 박사의
놀라운 사건

시간은 계속 흘렀다. 댄버스 경의 죽음이 공분을 사면서 수천 파운드의 현상금이 걸렸지만 하이드는 원래 존재하지 않았던 사람처럼 경찰의 시야에서 완전히 사라져버렸다. 그의 과거는 대부분 밝혀졌는데 하나같이 추악했다. 잔혹한 행적은 비정하면서도 폭력적이었다. 그의 비열한 삶이, 그의 기묘한 동료들이, 그의 사회생활에 점철된 듯한 증오가 밝혀졌다. 하지만 그의 현재 행방에 관해서는 작은 풍문조차 돌지 않았다. 살인 사건이 일어난 날 새벽에 소호 가의 집을 떠난 후로 그의 존재는 완전히 지워져버렸다. 시간이 흐를수록 어터슨은 극심한 불안감에서 서서히 벗어나 마음이 편안해졌다. 댄버스 경의 죽음은 하이드의 실종으로 충분히 보상받았다고 그는 생각했다. 그 간악한 자가 사라지자 지킬에게도 새로운 인생이 시작되었다. 지킬은 은둔 생활을 그만두고 옛 우정을 회복하여 다시 스스럼없이 친구들을 방문하거나 접대했다. 예전부터 쭉 자선가로 알려져 있긴 했지만, 이제는 종교 활동으로도 못지않게 유명해졌다. 그는 바빴고, 밖에서 많은 시간을 보내며, 선행을 베풀었다. 내면에서 피어난 봉사 정신이 그의 얼굴을 구김 없이 밝게 펴주는 것 같았다. 두 달이 넘도록 지킬은 평화로운 시간을 보냈다.

1월 8일, 어터슨은 지킬의 집에서 몇몇 벗들과 함께 저녁 식사를 했다. 그 자리에 래니언도 있었다. 세 사람이 서로 죽고 못 사는 친구였던 옛 시절처럼 지킬은 두 친구를 번갈아 바라보았다. 그런데 며칠 뒤인 12일, 14일에는 어터슨이 지킬의 집에 들어가지 못했다.

풀이 말했다.

"박사님은 집 안에 틀어박혀서 아무도 만나지 않으십니다."

어터슨은 15일에 다시 찾아갔지만 이번에도 지킬에게 거부당했다. 지난 두 달 동안 거의 매일 만났던 친구가 다시 고독한 생활로 돌아간다고 하니 마음이 무거워졌다. 닷새째 되는 날에 어터슨은 저녁 식사에 게스트를 초대하고, 그다음 날은 래니언 박사의 집을 찾아갔다.

적어도 거기서는 문전박대를 당하지 않았지만, 집 안에 들어간 어터슨은 너무나 달라진 래니언의 모습에 충격을 받았다. 마치 그의 얼굴에 사형 선고장이 또렷이 새겨진 듯했다. 혈색 좋았던 얼굴이 파리해지고, 살이 쏙 빠지고, 머리숱이 확 줄어들어 더 늙어 보였다. 그런데 정작 어터슨의 주의를 끈 것은 급격한 육체적 노화의 징표보다 마음속 깊이 파고든 공포를 증명해주는 눈빛과 태도였다. 래니언이 죽음을 두려워할 사람은 아니었지만, 어터슨은 차라리 그렇게 믿고 싶었다.

어터슨은 생각했다.

'그래, 이 친구는 의사니까 자기 상태를 파악하고 살날이 얼마 남지 않은 걸 알았겠지. 그래서 힘든 거야.'

어터슨이 안색이 좋지 않다며 한마디 하자, 래니언은 자신이 곧 죽으리라는 사실을 아주 품위 있게 알렸다.

"충격적인 사건을 겪었는데, 다시는 회복하지 못할 걸세. 이제 몇 주밖에 남지 않았어. 뭐, 즐겁게 잘 살았지. 마음에 드는 인생이

었네. 그래, 그랬지. 알 만큼 알았다면 기꺼운 마음으로 떠나야 한다는 생각도 가끔 든다네."

"지킬도 몸이 안 좋아. 혹시 그 친구를 봤나?"

그 말에 래니언이 정색을 하더니 부르르 떨리는 손을 들어올리며 불안정한 목소리로 크게 말했다.

"지킬이라면 더는 보고 싶지도, 소식을 듣고 싶지도 않네. 그 인간하고는 연을 끊었어. 내게는 이미 죽은 사람이나 마찬가지니 다시는 그자를 입에 올리지 말게. 부탁이야."

어터슨은 잠깐 침묵을 지키다가 물었다.

"쯧쯧. 내가 할 수 있는 일이 없을까? 우리 셋은 아주 오랜 벗이잖나, 래니언. 이 나이에 새 친구를 사귀기도 힘들고 말일세."

"자네가 할 수 있는 일은 아무것도 없어. 그자한테 직접 물어보게."

"만나줘야 말이지."

"놀랍지도 않군. 어터슨, 내가 죽고 나면 언젠가 자네도 이 일의 시시비비를 가릴 수 있을 걸세. 지금은 내가 해줄 수 있는 말이 아무것도 없어. 지금 나와 다른 이야기를 나눌 수 있다면 부디 내 곁에서 그렇게 해주게. 하지만 그 가증스러운 얘기를 꼭 입에 올려야겠다면 제발 가주게. 차마 들어줄 자신이 없으니."

집에 돌아오자마자 어터슨은 자리에 앉아 지킬에게 편지를 썼다. 왜 집 안에 들여주지 않느냐고 불평하고, 어쩌다 래니언과 의절하게 되었느냐고 물었다. 다음 날 기나긴 답장이 왔다. 대체로 아주 감상적인 내용이었는데, 모호하여 의미를 알 수 없는 부분도 간간이 보였다. 지킬은 래니언과의 다툼을 돌이킬 수 없다며 이렇게 썼다.

우리의 옛 친구를 원망할 생각은 없지만, 다시는 만나지 말자는 그 친구의 의견에 나도 동감하네. 나는 이제부터 철두철미하게 은둔 생활에 들어갈 작정이거든. 자네에게조차 문을 열어주지 않는다고 해서 놀라지도, 내 우정을 의심하지도 말고 나만의 어두운 길을 갈 수 있도록 허락해주길 바라네. 나는 이름을 알수 없는 형벌과 위험을 자초했다네. 내가 죄인들의 우두머리라면, 고통받는 자들의 우두머리이기도 하지. 이토록 사람을 나약하게 만드는 고통과 공포가 이 땅에 존재할 수 있으리라곤 생각지도 못했어. 어터슨, 이 힘겨운 운명을 덜어주고 싶다면 자네가할 수 있는 일은 딱 한 가지라네. 내 침묵을 존중해주는 거야.

어터슨은 어안이 벙벙해졌다. 하이드의 어두운 그늘에서 벗어난 지킬은 예전처럼 열심히 일하며 친구들과 잘 지냈다. 1주일 전만 해도 즐겁고 명예로운 시절을 맞게 되리라는 기대감으로 충만하지 않았던가. 그런데 순식간에 우정도, 마음의 평화도, 인생의 행로도 망가져버렸다. 이렇듯 엄청나고 예기치 못한 변화가 일어났다면 아무래도 광기 때문이리라. 하지만 래니언의 태도와 말투로 보건대, 그 바탕에 더 깊은 사연이 숨겨져 있는 것이 분명했다.

1주일 후 래니언 박사는 몸져눕더니 2주일도 지나지 않아 죽었다. 장례식을 치른 날 밤, 슬픔에 젖은 어터슨은 서재 문을 걸어 잠근 채 우울하게 타오르는 촛불 곁에 앉아, 세상을 떠난 친구가 자필로 주소를 쓰고 인장을 찍어 봉인한 봉투를 꺼내 자기 앞에 놓았다.

'친전親展 : G. J. 어터슨이 직접 열어볼 것, 그가 사망했을 경우 봉한 채로 파기할 것.'

내가 죄인들의
우두머리라면,

고통받는 자들의
우두머리이기도 하지

너무나 단호한 경고에 어터슨은 봉투 안의 내용물을 보기가 두려워졌다.

'오늘 한 친구를 묻었어. 그런데 이 편지가 내게 또 다른 고통을 안겨준다면 어쩌란 말인가?'

하지만 그렇게 두려워하는 건 친구를 배신하는 행위라고 스스로를 책망하며 어터슨은 봉투를 뜯었다. 그 안에 들어 있는 또 다른 봉투 역시 밀봉되어 있고, 겉면에 이렇게 적혀 있었다.

'헨리 지킬 박사의 사망 혹은 실종 전까지 개봉하지 말 것.'

어터슨은 자신의 눈을 믿을 수 없었다. 그랬다, 실종이라는 말이 또 나왔다. 오래전 주인에게 돌려주었던 그 터무니없는 유언장과 마찬가지로, 여기서도 실종이라는 단어와 헨리 지킬이라는 이름이 한데 묶였다. 하지만 유언장은 하이드라는 작자의 사악한 제안에서 나온 착상으로, 너무나 노골적이고 끔찍한 목적을 띠고 있었다. 그런데 그것을 래니언이 직접 썼다면 무슨 의미일까? 편지를 위임받은 어터슨은 호기심이 강하게 일었다. 개봉 금지령을 어기고 이 수수께끼의 바닥으로 뛰어들고 싶었다. 하지만 변호사로서의 자긍심과 죽은 친구를 향한 신의는 마땅히 지켜야 했다. 그리하여 편지는 그의 개인 금고로 들어가 가장 깊숙한 구석에서 잠들게 되었다.

호기심을 억누르는 것과 호기심을 이겨내는 것은 별개의 일이었다. 그날 이후로도 과연 어터슨은 살아 있는 다른 친구와 어울리고 싶은 마음이 예전만큼 절실했을까. 지킬을 아끼는 마음이야 여전했지만, 불안감과 두려움도 생겼다. 지킬의 집에 들르기도 했는데, 집 안에 들어가는 것을 거부당했을 때 어쩌면 마음이 놓였는지도 모른다. 어쩌면 내심으로는, 자발적인 감옥 같은 집에 들

어가 속내를 헤아릴 수 없는 은둔자와 나란히 앉아 대화하기보다는 바깥 거리의 공기와 소음에 둘러싸인 채 문간에서 풀과 이야기하는 편이 더 좋았는지도 모른다. 역시나 풀은 그리 유쾌한 소식을 전해주지 않았다. 보아하니 지킬은 예전보다 더 심하게 실험실 서재에 틀어박혀 지내면서 때로는 그곳에서 잠까지 자는 모양이었다. 지킬은 의기소침해졌고, 입을 통 열지 않았으며, 책도 읽지 않았다. 마치 딴생각을 품은 사람처럼. 어터슨은 늘 듣는 그런 소식에 익숙해졌고, 지킬의 집을 찾는 횟수가 차츰 줄어들었다.

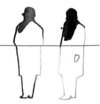

창가에서
별어진
일

어느 일요일, 평소처럼 함께 산책을 하던 어터슨과 엔필드는 이번에도 우연히 그 골목길을 지나가게 되었다. 그 문 앞에 이르렀을 때 두 사람은 걸음을 멈추고 문을 물끄러미 바라보았다. 엔필드가 말했다.

"음, 어쨌든 그 이야기는 끝이 났군요. 하이드 씨를 다시 볼 일은 없겠어요."

"나도 그러길 바라네. 내가 얘기했던가? 나도 그자를 한 번 봤는데, 자네처럼 그자가 소름 끼치게 싫더군."

"그자를 보면 당연히 그런 반응이 나오게 되어 있지요. 그나저나 변호사님은 저를 얼뜨기로 생각하셨겠군요. 여기가 지킬 박사님 댁의 뒷길이라는 것도 몰라봤으니까요! 제가 알게 된 건 변호사님 때문이기도 합니다."

"그럼 자네도 알고 있는 건가? 그렇다면 우리 같이 안뜰로 들어가서 창문이라도 좀 보고 오세. 지킬이 딱하고 걱정스러워서 말이야. 비록 밖이라도 친구가 있어주면 도움이 되지 않을까 싶네."

안뜰은 아주 서늘하고 조금 축축했다. 저 높이 하늘은 노을빛으로 아직 밝은데, 그곳에는 웬일인지 때 이른 땅거미가 짙게 져 있었다. 세 개의 창문 중 가운데 창문이 반쯤 열려 있고, 바로 그 옆에 실의에 빠진 죄수처럼 한없이 슬픈 표정으로 앉아서 바깥 공기를 쐬고 있는 지킬 박사가 보였다.

"이런, 지킬! 잘 지내고 있을 거라 믿네."

어터슨이 외쳤다. 하지만 지킬은 쓸쓸히 답했다.

"난 아주 울적하다네, 어터슨. 아주 울적해. 곧 끝이 날 거야, 고맙게도 말이지."

"너무 집 안에만 틀어박혀 있어서 그렇네. 밖으로 좀 나와서 엔필드와 나처럼 여기저기 돌아다니게. (이 사람은 내 친척인 엔필드라네. 엔필드, 저 친구가 바로 지킬 박사야.) 자, 나오게. 모자를 쓰고 우리와 함께 잠깐 산책이나 즐기세."

그 말에 지킬은 한숨만 쉬었다.

"참으로 고맙네. 나도 그러고 싶은 마음이 굴뚝같아. 하지만 아니, 안 돼, 안 되지, 그렇게는 못하네. 어떻게 내가 감히. 그래도 어터슨, 자네를 보니 정말 반갑군. 진심으로 기뻐. 자네와 엔필드 씨한테 올라오라고 청하고 싶지만, 이런 곳에 손님을 모시기는 민망해서 말이야."

어터슨이 온화하게 말했다.

"그렇다면 지금처럼 여기 밑에서 자네와 이야기를 나누면 되겠군."

"마침 나도 그러자고 할 참이었네."

지킬이 미소를 지으며 답했다. 하지만 그 말을 뱉자마자 얼굴에서 미소가 싹 사라지더니 더할 수 없는 공포와 절망의 표정이 뒤따랐다. 창문 아래에 있는 엔필드와 어터슨의 피까지 얼려버릴 듯했다. 순식간에 창문이 확 닫혔기에 그 표정을 목격한 건 아주 잠깐이었지만, 그 짧은 순간으로도 충분했기에 두 사람은 아무 말 없이 몸을 돌려 안뜰을 떠났다. 뒷골목을 지나는 동안에도 그들은 입을 열지 않았다. 일요일인데도 조금은 활기차게 돌아가고 있는

옆 거리로 들어서자 그제야 어터슨은 고개를 돌려 동행을 쳐다보았다. 두 사람 모두 얼굴이 새파랗게 질렸고, 눈빛에는 공포가 서려 있었다.

"신이시여 저희를 용서하소서, 신이시여 저희를 용서하소서."

어터슨이 중얼거렸지만 엔필드는 아주 진지하게 고개만 끄덕일 뿐 계속 말없이 걸음을 옮겼다.

마지막 밤

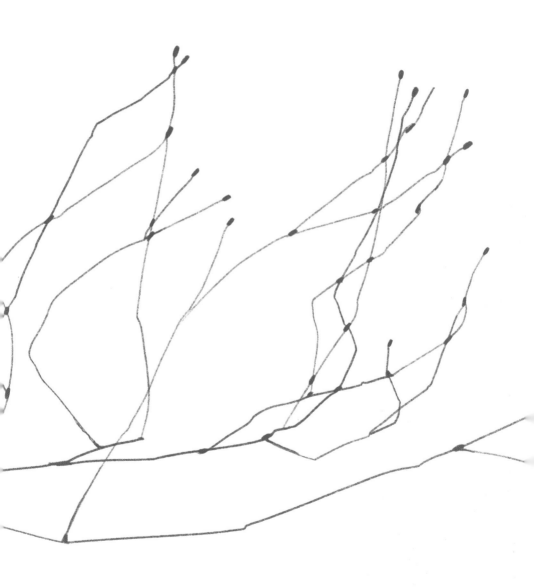

어느 날 저녁 어터슨이 식사를 마친 후 난롯가에 앉아 있을 때 예고도 없이 풀이 찾아왔다.

"아니, 풀, 여긴 어쩐 일인가?"

어터슨은 큰 소리로 묻고 나서 풀의 얼굴을 다시 살피다가 말을 이었다.

"얼굴이 왜 그 모양인가? 지킬이 어디 아프기라도 한가?"

"변호사님, 뭔가가 잘못됐습니다."

"일단 앉아서 와인이라도 한잔 마시게. 진정하고, 자네가 원하는 바를 솔직하게 말해보게."

"변호사님은 지킬 박사님을 잘 아시지요? 집 안에만 틀어박히는 버릇 말입니다. 네, 박사님은 또 서재에 틀어박혀 계십니다. 저는 그게 마음에 안 들어요. 죽도록 싫습니다. 변호사님, 저는 두렵습니다."

"이보게. 그냥 터놓고 말하게. 뭐가 두렵다는 건가?"

"1주일 정도 됐습니다. 더 이상은 못 견디겠어요."

풀은 어터슨의 질문을 고집스럽게 무시하며 답했다. 풀의 태도만 봐도 그것이 사실임을 충분히 알 수 있었다. 풀은 이상하게 행동하고 있었다. 두려운 심정을 처음 밝힐 때를 빼고는 어터슨의 얼굴을 쳐다보지도 않았다. 입 한 번 대지 않은 와인 잔을 무릎에 얹어놓은 채 한쪽 구석의 바닥만 바라보다가 다시 말했다.

"더 이상은 견딜 수가 없습니다."

"음, 자네가 괜히 이러는 게 아니겠지, 풀. 분명 심각한 문제가 생긴 거야. 무슨 일인지 말해보게."

"범죄가 일어난 것 같습니다."

풀이 쉰 목소리로 말했다.

"범죄라니! 그게 무슨 말인가? 대체 무슨 소릴 하는 건가?"

어터슨은 무척 두려우면서도 한편으로 조금 짜증이 나서 소리를 질렀다.

"제 입으로 차마 말씀드리지 못하겠습니다. 저와 함께 가서 직접 보시겠습니까?"

어터슨은 일어나서 모자를 쓰고 외투를 챙겨 입을 수밖에 별다른 도리가 없었는데, 크게 안도하는 풀의 표정을 보니 의아스러웠다. 풀이 어터슨을 따라 일어나며 내려놓은 와인 잔이 여전히 입한 번 대지 않은 채로 남아 있는 것 역시 이상했다.

계절에 어울리게 춥고 바람이 거센 3월의 밤이었다. 으스름달은 바람에 맞아 갸우뚱 기울어진 듯 드러누웠고, 아주 얇고 흐릿한 구름은 바람에 날리는 먼지처럼 황급하게 흘러가고 있었다. 바람 때문에 대화를 하기가 힘들었고, 피가 쏠린 얼굴에는 붉은빛이 얼룩덜룩 섞였다. 바람이 거리를 휩쓸고 지나간 듯 평소와 달리 행인 한 명 보이지 않았다. 어터슨은 런던의 이 거리에서 이토록 한적한 모습은 처음 보는 것 같았다. 다른 때였다면 오히려 반가웠을지도 모른다. 지금껏 살면서 인간을 보고 싶고 인간과 닿고 싶은 욕망이 이토록 강렬한 적은 없었다. 아무리 발버둥쳐도 곧 재앙을 맞닥뜨리게 되리라는 예감을 떨쳐버릴 수가 없었다. 그들이 집 근처에 도착하자 바람이 휘몰아쳐 먼지가 자욱하게 일고 뜰의 가느다란 나무들은 울타리를 마구 때려대고 있었다. 오는 내내 한두 걸음 앞서 걷던 풀은 인도 한복판에서 멈춰 서더니, 살을 에는 듯 추운 날씨에 아랑곳없이 모자를 벗고 붉은 손수건으로 이마를 닦았다. 서둘러 오긴 했지만 그가 닦아낸 것은 힘들어서 흘린 땀이 아니라 숨 막히는 고통으로 인해 솟아난 식은땀이었다. 풀의 얼굴은 파리했고, 입을 열자 거칠게 툭툭 끊어지는 목소리가 흘러나왔다.

"변호사님, 이제 도착했습니다. 부디 아무 일도 없으면 좋겠군요."

"동감이네, 풀."

풀이 아주 조심스럽게 문을 두드리자 체인이 풀리고, 안에서 누군가의 목소리가 들렸다.

"집사님이세요?"

"그래, 날세. 문 열게."

그들이 들어간 홀에는 불이 환하게 켜져 있었다. 난롯불이 활활 타오르고, 그 주변에 남자 여자 할 것 없이 하인들이 양떼처럼 옹기종기 모여 서 있었다. 어터슨을 보자 하녀가 발작을 일으키듯 흐느껴 울기 시작했고, 요리사는 "하느님, 감사합니다! 어터슨 씨가 오셨어"라고 울부짖으며 어터슨을 껴안을 기세로 달려왔다.

"이게 다 무슨 일인가? 왜 다들 여기 모여 있어? 이러면 곤란하지, 아주 꼴사납지 않은가. 자네들 주인이 보면 못마땅해할 걸세."

어터슨이 짜증스럽게 나무라자 풀이 말했다.

"다들 두려운 겁니다."

아니라고 말하는 사람 한 명 없이 공허한 침묵이 흐르는 가운데 하녀만 목소리를 높여 엉엉 울었다.

"그만 닥쳐!"

풀이 그녀에게 사납게 외쳤다. 그만큼 집사 자신도 신경이 곤두서 있었다. 아까만 해도 하녀가 갑자기 더 크게 통곡하기 시작했을 때 다들 화들짝 놀라며 두려움에 젖은 얼굴로 안쪽 문을 돌아보았다. 풀은 이어서 주방 허드레꾼에게 말했다.

"자, 양초를 가져와. 이 일을 당장 해결해야겠어."

그러더니 풀은 어터슨에게 같이 가달라고 부탁한 뒤 앞장서서 뒤뜰로 향했다.

"변호사님, 최대한 소리를 내지 마십시오. 저쪽에서 나는 소리를 들어야지, 우리 쪽 소리를 들켜서는 안 됩니다. 그리고 혹시라도 안으로 들어오라고 해도 절대 들어가지 마십시오."

예기치 못한 전개에 긴장한 어터슨은 균형을 잃고 휘청거릴 뻔했지만, 다시 용기를 그러모아 실험실 건물로 뒤따라갔다. 나무 상자와 병 같은 잡동사니가 어질러진 강의실을 지나 계단 밑에 도착했다. 풀은 어터슨에게 한쪽에 서서 듣고 있으라는 신호를 보냈다. 그리고는 양초를 내려놓고 마음을 단단히 다잡는 듯하더니, 계단을 올라가 붉은 베이즈가 씌워진 서재 문을 머뭇머뭇 두드렸다.

"어터슨 씨가 주인님을 뵈러 오셨습니다."

풀은 큰 소리로 말하면서, 그 와중에도 어터슨에게 한 번 더 격렬하게 손짓하며 잘 들어보라는 신호를 보냈다. 안에서 불만스럽게 대답하는 목소리가 들렸다.

"아무도 못 만난다고 전하게."

"알겠습니다, 주인님."

그렇게 말하는 풀의 목소리가 약간 의기양양하게 들렸다. 풀은 양초를 집은 뒤 다시 어터슨을 데리고 뒤뜰을 지나 널찍한 부엌으로 들어갔다. 그곳은 불이 꺼진 채 딱정벌레들이 바닥을 폴짝폴짝

뛰어다니고 있었다. 풀이 어터슨의 눈을 바라보며 물었다.

"변호사님, 우리 주인님의 목소리가 맞던가요?"

"많이 변한 것 같더군."

어터슨은 하얗게 질린 얼굴로 답하면서도 풀의 시선을 피하지 않았다.

"변해요? 네, 맞아요. 제 생각도 그렇습니다. 제가 주인님 댁에 20년을 있었는데 딴 목소리에 속아 넘어가겠습니까? 아닙니다, 변호사님. 주인님은 돌아가셨어요. 여드레 전에 돌아가셨단 말입니다. 주인님이 하느님을 부르며 울부짖는 소리를 우리 모두 들었습니다. 그렇다면 주인님 대신 저 안에 있는 자는 대체 누구이고, 왜 계속 저기에 있을까요? 귀신이 곡할 노릇 아닙니까, 변호사님!"

"아주 기이한 이야기군, 풀. 황당무계하다고 해야 할지…… 만약 자네의 추측대로 지킬 박사가, 음, 살해됐다면 범인이 왜 여기에 남아 있겠나? 말이 안 되지 않는가. 이치에 맞지 않아."

어터슨은 자신도 모르게 손가락을 깨물며 말했다.

"네, 변호사님은 쉽게 납득당하는 분이 아니지만 제 말을 들어보면 이해하실 겁니다. 지난주 내내 그 사람, 아니 사람인지 뭔지 모르겠지만 하여튼 그 방에 살고 있는 저자가 무슨 약을 가져다달라고 밤낮으로 소리를 질러댔는데, 가져다줄 때마다 퇴짜를 놓는 겁니다. 가끔 종이에 지시 사항을 적어서 계단에 던져놓기도 했지요, 주인님이 그러셨던 것처럼요. 이번 주에는 그 종이 쪼가리들밖에 못 봤습니다. 종이 쪼가리들만 나와 있고, 문은 닫혀 있고, 끼니때마다 음식을 가져다놓으면 아무도 안 볼 때 몰래 방 안으로 가져가더군요. 변호사님, 날이면 날마다 하루에 두세 번씩 명령과 불평이 담긴 종이 쪼가리가 나왔고, 저는 런던의 약품 도매상이란

도매상은 다 돌아다녔습니다. 약을 구해올 때마다 불순물이 섞였다면서 반품하라는 쪽지가 나오고, 다른 가게에 가보라는 명령이 또 떨어지는 겁니다. 어디에 쓰려는 건지는 몰라도 그 약이 지독히도 필요한 겁니다."

"그 쪽지들을 가지고 있나?"

어터슨이 물었다. 풀이 주머니 속을 더듬어 짓구겨진 종이를 건네자, 어터슨은 촛불 쪽으로 가까이 고개를 숙여 꼼꼼히 살폈다. 쪽지에 적힌 내용은 이랬다.

지킬 박사가 모Maw 선생님들께 안부를 전합니다. 선생님들이 저번에 주신 견본은 불순물이 섞여 있어 제 당면 목표에 적합하지 않음을 알려드립니다. 18××년에 저는 모 선생님들에게서 그 약품을 꽤 다량으로 구매한 바 있습니다. 좀 더 꼼꼼하게 주의를 기울여 찾아봐주시기를 부탁드리며, 같은 품질의 약품이 조금이라도 남아 있다면 당장 보내주십시오. 비용이 얼마가 들든 상관없습니다. 제게는 그 무엇보다 중요한 일입니다.

여기까지는 그런 대로 침착하게 이어지다가 갑자기 감정이 폭발한 듯 글씨가 마구 흐트러지기 시작했다. 그는 이렇게 덧붙여놓았다.

제발 예전의 그 약을 꼭 좀 구해주시오.

"이상한 편지로군."

어터슨이 그렇게 말하더니 날카롭게 물었다.

"자네는 어째서 이 편지를 열어봤나?"

"모 선생이라는 남자가 불같이 화를 내면서 편지를 쓰레기처럼 나한테 던져버리더군요."

"지킬의 필체가 틀림없지 않나?"

어터슨은 다시 본론으로 돌아갔다.

"제 생각에도 그런 것 같았습니다."

풀은 약간 뚱하게 답하더니 목소리를 바꿔 말했다.

"하지만 필체가 무슨 상관입니까? 제가 그자를 봤는데요!"

"그자를 봤다고? 정말인가?"

어터슨이 풀의 말을 그대로 따라 하며 물었다.

"그럼요! 이렇게 된 겁니다. 제가 한번은 뜰에서 강의실로 갑자기 들어갔더랬지요. 그 약을 찾으려는 건지 그자가 방에서 살짝 빠져나왔더군요. 방문이 열려 있고, 그자가 강의실 반대쪽 끝에서 상자들을 샅샅이 뒤지고 있었습니다. 그런데 제가 들어갔을 때 고개를 들더니 비명을 내지르면서 쏜살같이 계단을 올라 방으로 들어가버리지 뭡니까. 찰나였지만 저는 그자를 봤습니다. 머리칼이 고슴도치 가시처럼 쭈뼛쭈뼛 서더군요. 변호사님, 그자가 제 주인님이라면, 왜 복면을 쓰고 있었겠습니까? 제 주인님이라면, 왜 쥐새끼처럼 소리를 지르고 달아났겠습니까? 저는 그분을 오래 모셨습니다. 그런데……."

풀은 말끝을 흐리며 손으로 얼굴을 쓸어내렸다.

"상황이 참 묘하긴 하지만 이제 슬슬 감이 오는군. 풀, 자네 주인은 고통스러운데다 몸까지 흉하게 일그러질 만큼 심각한 병에 걸린 게야. 목소리도 당연히 변했겠지. 그래서 복면을 쓰고 친구들도 피하는 걸 테고. 그 가여운 친구가 완전히 나으리란 희망을 못

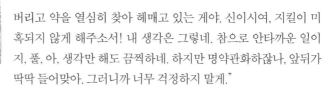

버리고 약을 열심히 찾아 헤매고 있는 게야. 신이시여, 지킬이 미혹되지 않게 해주소서! 내 생각은 그렇네. 참으로 안타까운 일이지, 풀, 아, 생각만 해도 끔찍하네. 하지만 명약관화하잖나, 앞뒤가 딱딱 들어맞아. 그러니까 너무 걱정하지 말게.”

풀은 얼룩덜룩하니 파리해진 얼굴로 말했다.

“변호사님. 저자는 우리 주인님이 아닙니다, 아니라니까요. 우리 주인님은…….”

그러더니 풀은 주위를 둘러보며 속삭이기 시작했다.

“키가 훤칠하고 체격이 좋으십니다. 난쟁이가 아니라고요.”

어터슨이 반박하려 하자 풀은 소리를 질렀다.

“오, 변호사님, 제가 설마 20년이나 모신 주인님을 못 알아보겠습니까? 서재 문에 주인님의 머리가 어디까지 닿는지 제가 모르겠습니까? 평생을 매일 아침 거기서 그분을 뵈었는데요? 아니요, 변호사님, 저자는 절대 지킬 박사님이 아닙니다. 분명 살인이 일어난 겁니다.”

“풀, 자네가 정 그렇게 말한다면, 마땅히 확인해봐야겠지. 자네 주인의 심기를 건드리고 싶지도 않고, 이 편지를 보면 자네 주인이 아직 살아 있는 것 같아서 혼란스럽긴 하지만, 아무래도 저 문을 부수고 들어가봐야겠네.”

“아, 변호사님, 바로 그겁니다!”

풀이 소리쳤다.

“이제 다음 문제는 누가 할 것이냐는 건데…….”

어터슨의 말에 확고한 답이 돌아왔다.

"변호사님과 제가 해야지요."

"옳은 말일세. 무슨 일이 있어도 자네에게 해가 가지는 않도록 하겠네."

어터슨이 동조하자 풀이 말을 이었다.

"강의실에 도끼가 있습니다. 변호사님은 부엌에 있는 부지깽이를 쓰십시오."

어터슨은 그 거칠고 묵직한 막대기를 들어올려 흔들리지 않게 붙잡고는 풀을 올려다보며 말했다.

"자네와 난 곧 위험한 상황에 처하겠지?"

"그렇겠지요."

"그러니 솔직해지세. 우리 둘 다 미처 말하지 못한 속내가 있지. 여기서 시원하게 다 털어놓자고. 자네가 봤다는 그 복면 쓴 자 말일세, 혹시 자네가 아는 자였나?"

"음, 너무 잽싸게 움직이는데다 몸을 반으로 접다시피 하고 있어서 저도 확실히는 말씀드리지 못하겠습니다. 하지만 하이드 씨였느냐고 물으시는 거라면, 네, 제 생각에는 그렇습니다! 그게, 덩치가 거의 비슷했거든요. 몸놀림이 잽싸고 가벼운 것도 그렇고요. 그리고 실험실 문으로 들어올 수 있는 자가 그 사람 말고 또 누가 있겠습니까? 전에 살인 사건이 일어났을 때도 그자한테 열쇠가 있었다는 거 잊지 않으셨지요? 그게 다가 아닙니다. 변호사님은 이 하이드라는 자를 만난 적이 있으십니까?"

"그렇다네. 한 번 이야기를 나눈 적이 있지."

"그럼 그 사람한테 어딘가 기괴한 구석이 있다는 걸 우리만큼 잘 아시겠군요. 왠지 소름이 끼쳐요. 달리 어떻게 표현해야 좋을

지 모르겠습니다. 본능적으로 섬뜩하고 불쾌해지지요."

"나도 그런 비슷한 기분을 느꼈던 것 같네."

"그렇다니까요, 변호사님. 그 복면 쓴 자가 약품들 사이에서 원숭이처럼 펄쩍 뛰어나와 서재로 잽싸게 들어가는 걸 보고 있자니 등골이 오싹해지지 뭡니까. 그게 증거가 될 수 없다는 건 압니다. 그 정도는 저도 알아요. 하지만 사람한테는 감이라는 게 있잖습니까. 성경을 걸고 맹세컨대, 그자는 하이드였습니다!"

"그래그래, 나도 그 점이 두려운 거라네. 그 둘이 뭔가 사악한 관계로 얽인 게 아닐까, 그래서 악랄한 일이 벌어지고 만 게 아닌가 하고 말일세. 그래, 나도 자네 말을 진심으로 믿네. 불쌍한 지킬은 살해된 걸세. 그 살인범(대체 무슨 의도로 그랬는지는 신만이 아시겠지만) 이 희생자의 방에 아직도 숨어 있는 게야. 자, 이제 우리가 복수를 하세. 브래드쇼를 불러주게."

하인은 하얗게 질리고 초조한 얼굴로 부름에 응했다. 어터슨이 말했다.

"진정하게, 브래드쇼. 불안해 미칠 지경이겠지, 나도 이해하네. 하지만 우리가 바로 그 불안을 끝내려는 걸세. 여기 있는 풀과 내가 서재로 밀고 들어갈 거야. 만약 아무 문제도 없다면 마땅히 내가 모든 책임을 지겠네. 하지만 정말로 무슨 문제가 있거나 악한 이 뒷문으로 달아나려 할 수도 있으니, 자네와 어린 허드레꾼이 튼튼한 몽둥이를 하나씩 들고 모퉁이를 돌아가서 실험실 문을 지키고 있게. 10분 안에 그렇게 해주게."

브래드쇼가 자리를 뜨자 어터슨은 자신의 시계를 보았다.

"자, 풀, 이제 놈을 잡으러 가세."

어터슨은 그렇게 말하고 부지깽이를 옆구리에 낀 채 앞장서서

뜰로 나갔다. 바람에 날려온 구름이 달 너머로 쌓여 있고, 이제 날이 꽤 어두워졌다. 건물 깊숙이까지 간간이 찬바람 줄기가 흘러들어와, 그들의 걸음에 맞추어 촛불이 이리저리 흔들렸다. 드디어 강의실로 들어간 그들은 조용히 앉아서 기다렸다. 런던의 소음이 사방에서 윙윙거리며 묵직하게 울려댔다. 하지만 더 가까이에서는 서재를 이리저리 서성이는 발소리만 정적을 깰 뿐이었다. 풀이 속삭였다.

"하루 온종일 저런답니다. 밤늦게까지 저래요. 약국에서 새 견본이 올 때나 잠깐 멈추지요. 양심에 켕기는 게 있으니 안절부절 못하는 겁니다! 아, 한 걸음 한 걸음 뗄 때마다 더러운 피가 흘러나오고 있을 겁니다! 잘 들어보십시오. 조금 더 가까이 귀를 쫑긋 세워보세요, 변호사님. 저게 박사님의 발소리가 맞습니까?"

걸음은 아주 느린데도 일정하게 흔들리며 가볍고 기묘하게 이어졌다. 바닥이 삐걱거리도록 쿵쿵거리는 헨리 지킬의 묵직한 걸음과는 확실히 달랐다. 어터슨은 한숨을 내쉬었다.

"다른 건 또 없나?"

풀은 고개를 끄덕였다.

"있습니다. 한번은 우는 소리를 들었어요!"

"울어? 왜?"

어터슨은 갑자기 섬뜩해져서 물었다.

"꼭 여자가 우는 소리 같기도 하고 지옥에 떨어진 영혼 같기도 하고. 그 소리가 어찌나 절절한지 저도 덩달아 울 뻔했지 뭡니까."

이제 거의 10분이 지났다. 풀은 포장 끈 더미 밑에서 도끼를 끄집어냈다. 기습하러 가는 길을 비추도록 가장 가까운 탁자에 촛불을 올려놓았다. 적요한 밤에 여전히 끈덕지게 이리저리 서성이는 발소리가 들리는 곳을 향해 두 사람은 숨을 죽인 채 다가갔다. 어터슨이 큰 소리로 불렀다.

"지킬! 자네를 만나러 왔네."

잠깐 기다렸지만 답은 들려오지 않았다.

"미리 경고하네만, 아무래도 수상쩍어서 말이야, 내가 자네를 꼭 봐야겠네. 수단과 방법을 가리지 않을 걸세! 자네가 응해주지 않는다면 완력을 쓸 수밖에!"

그때 목소리가 들려왔다.

"어터슨, 제발 나를 불쌍히 여겨주게!"

"아, 이건 지킬의 목소리가 아니야. 하이드가 맞군! 문을 부수게, 풀!"

어터슨이 소리치자 풀이 도끼를 어깨 너머로 휙 휘둘렀다. 도끼를 내리찍자 건물이 흔들리고 붉은 베이즈에 씌워진 문이 들썩였지만, 자물쇠와 경첩은 꼼짝하지 않았다. 공포에 질린 짐승의 울음소리로밖에 들리지 않는 침울하고 새된 비명이 서재 안에 울려 퍼졌다. 다시 도끼를 내리찍자 또 나무판이 우지끈 갈라지고 틀이 튀어 올랐다. 네 번이나 내리찍었지만, 나무는 단단했고 부속품은 만듦새가 꼼꼼했다. 다섯 번째에야 비로소 자물쇠가 산산이 부서지고, 망가진 문이 안쪽 카펫 위로 쓰러졌다.

자신들이 일으킨 소란과 그 뒤에 이어진 정적에 간담이 서늘해진 침입자들은 약간 뒤로 물러나 방 안을 살폈다. 두 사람의 눈앞에 펼쳐진 서재에는 고요한 램프 불이 켜져 있고, 난롯불이 타닥타닥 소리를 내며 활활 타오르고, 주전자는 가느다란 가락을 노래하고, 서랍 한두 개가 열려 있고, 책상에는 종이들이 가지런히 놓여 있었다. 난로 근처에는 차를 끓이는 데 필요한 도구가 펼쳐져

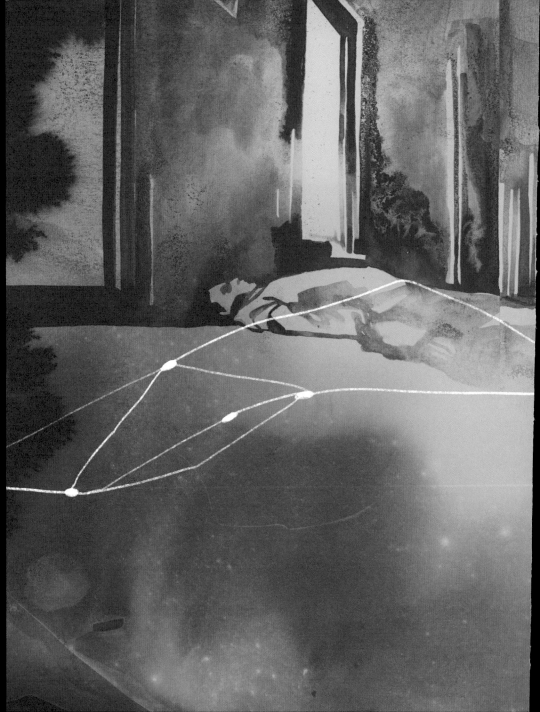

있었다. 더할 나위 없이 고요한 것이, 화학약품으로 가득 채워진 유리 진열장만 아니면 런던의 그날 밤 어디서나 흔히 볼 수 있는 방이었다.

그 한복판에 한 남자의 몸뚱어리가 심하게 뒤틀린 채 쓰러져 계속 씰룩거리고 있었다. 두 사람은 발끝으로 살금살금 다가가 몸뚱어리를 뒤집어 에드워드 하이드의 얼굴을 보았다. 그가 입고 있는 옷은 큰 체구의 지킬 박사가 입던 옷이라 그에게 너무 커 보였다. 마치 살아 있는 듯 얼굴 힘줄이 여전히 움직이고 있었지만, 생기는 이미 빠져나가고 없었다. 그의 손안에 가루처럼 바스러진 약병과 방 안에 진동하는 아몬드 냄새*에 어터슨은 하이드가 스스로 목숨을 끊었다는 사실을 알았다. 어터슨이 어두운 얼굴로 말했다.

"우리가 너무 늦었군. 구해주는 것도, 벌하는 것도 틀렸어. 하이드는 죽었네. 이제 자네 주인의 시신을 찾는 일만 남았군."

건물의 대부분은 강의실과 서재였다. 1층은 거의 전체가 강의실이고, 천장에서 빛이 들어왔다. 강의실의 한쪽 끝에서 위층으로 올라가면 나오는 서재에서는 안뜰이 내다보였다. 강의실 복도를 지나면 뒷골목으로 난 문이 나왔다. 그 문 옆에 놓인 또 다른 계단을 통해서도 서재로 올라갈 수 있었다. 그 외에도 어둑한 작은 방 몇 개와 널찍한 지하실이 있었다. 어터슨과 풀은 그 모든 곳을 샅샅이 살폈다. 작은 방들은 한 번 휙 훑어보면 그만이었다. 하나같이 텅 비어 있는데다 문에서 떨어지는 먼지를 보아하니 오랫동안 닫혀 있었던 게 분명했기 때문이다. 지하실에는 전 주인인 외과의사가 살았던 시절부터 방치된 듯한 온갖 잡동사니로 가득 차 있었다. 하지만 문을 열자마자 더 이상의 수색은 무의미하다는 걸 알았다. 수년 동안 입구를 막고 있던 거미집이 촘촘히 엉거 붙은 채 떨어져

126

---

* 청산가리는 아몬드 냄새를 풍긴다 - 옮긴이

내린 것이다. 살았든 죽었든 헨리 지킬의 흔적은 어디에도 없었다.

풀은 복도에 깔린 판석을 쿵쿵 밟으며 그 소리에 귀를 기울였다.

"여기에 묻히셨을 겁니다."

"아니면 달아났을지도 모르지."

어터슨은 몸을 돌려 뒷골목으로 난 문을 살폈다. 문은 잠겨 있었다. 그리고 근처 판석에 떨어진 열쇠는 이미 녹슬어 있었다.

"이건 못 쓸 것 같군."

어터슨이 말했다.

"어떻게 쓰겠습니까! 망가진 거 안 보이십니까? 밟아 뭉갠 것처럼 말입니다."

풀이 되받아쳤다.

"그래. 금이 간 곳도 녹슬었어."

두 사람은 겁에 질려 서로를 쳐다보았다.

"영문을 모를 일이군. 서재로 돌아가세."

묵묵히 계단을 오른 두 사람은 가끔 겁먹은 표정으로 시체를 힐끔거리며 서재를 더 철저히 뒤지기 시작했다. 한 탁자에는 화학 연구의 흔적이 남아 있었다. 염류 같은 흰 가루가 각기 다른 양으로 유리 접시들에 쌓여 있었는데, 저 불행한 남자가 어떤 실험을 하려다가 방해를 받은 모양이었다.

"제가 늘 가져다준 바로 그 약입니다."

풀이 그렇게 말할 때 주전자 물이 시끄러운 소리를 내며 끓어 넘쳤다. 두 사람은 난롯가로 갔다. 안락의자가 아늑하게 놓여 있고, 그 바로 곁에는 당장이라도 차를 마실 수 있도록 찻잔에 설탕까지 담겨 있었다. 책장에 책이 여러 권 꽂혀 있었는데, 찻잔 옆에도 한 권이 펼쳐져 있었다. 어터슨은 지킬이 여러 번 찬탄해 마지

않은 그 종교 서적에 지킬 자신의 필체로 깜짝 놀랄 만큼 불경한 내용의 주석이 달린 것을 보고 아연실색했다.

방을 구석구석 살피던 두 사람이 그다음으로 향한 곳은 전신 거울이었다. 거울을 들여다볼 때 무심결에 두려운 마음이 들었지만, 거울 속에는 천장에 어른거리는 불그레한 빛과 진열장 유리문에 수없이 반사되어 반짝이는 불빛, 그리고 구부정히 서서 들여다보는 두 사람의 창백하고 겁먹은 얼굴뿐이었다.

"이 거울은 기이한 일들을 목격했을 겁니다, 변호사님."

풀이 속삭이자 어터슨도 목소리를 낮추었다.

"그런데 이 거울 자체가 그 무엇보다 기이하지 않나? 대체 지킬이⋯⋯."

어터슨은 그 단어에 움찔하며 말을 뚝 끊었다가, 용기를 그러모아 말했다.

129

"지킬은 이 거울로 대체 뭘 하려 했을까?"

"그러게 말입니다!"

이제 두 사람은 책상으로 향했다. 깔끔하게 정리된 종이들 가운데 맨 위에 놓인 큼직한 봉투에 지킬의 필체로 어터슨의 이름이 적혀 있었다. 어터슨이 봉투를 뜯자 그 안에서 내용물 여러 개가 바닥으로 떨어졌다. 그중 첫 번째는 유언장이었다. 여섯 달 전에 그가 돌려준 것과 똑같은 내용의 괴상한 조항들이 담겨 있었다. 사망하는 경우에는 유언, 실종되는 경우에는 기증서가 될 서류였다. 그런데 에드워드 하이드의 이름이 있었던 자리에 게이브리얼 존 어터슨이라는 이름이 적힌 것을 보고 어터슨은 놀란 나머지 말문이 막혀버렸다. 그저 풀을 쳐다본 다음 유언장을 다시 봤다가, 마지막으로 카펫 위에 뻗어 있는 악인의 시신을 바라볼 수밖에 없었다. 어터슨이 말했다.

"머리가 어찔어찔하군. 요 며칠간 저자가 이걸 가지고 있었어. 당연히 내가 미웠겠지. 자기 자리를 빼앗겼으니 미치도록 화가 났을 거야. 그런데 이걸 없애지도 않고 그대로 뒀다니."

어터슨은 다음 종이를 집어 들었다. 지킬이 자필로 쓴 짧은 편지로, 맨 위에 날짜가 적혀 있었다. 어터슨이 소리쳤다.

"오, 풀! 오늘 그 친구는 여기 살아 있었네. 그 짧은 시간에 시신을 처리했을 리가 없어. 분명 아직 살아 있어, 도망친 게야! 그런데 왜 도망쳤을까? 어떻게? 만약 그렇다면, 이 자살 사건을 신고해도 되겠나? 오, 조심해야 하네. 자칫 자네 주인을 심각한 파국으로 몰고 갈 수도 있어."

"왜 편지를 안 읽으십니까, 변호사님?"

130 "두려워서 그러네. 신이시여, 제가 두려워할 일이 없게 하소서!"

어터슨이 침통하게 말했다. 그 말과 함께 어터슨은 편지를 눈앞으로 가져가 읽었다.

친애하는 어터슨, 이 편지가 자네 수중에 들어갔을 즈음 난 이미 사라지고 없겠지. 미래를 내다보는 예지력이 내겐 없지만, 확실히 끝이 올 것이고 그날도 멀지 않았네. 내 직감으로 알 수 있고, 입에 담기도 싫은 내 처지를 생각하면 당연한 일이야. 그럼, 래니언이 남겨둔 이야기부터 먼저 읽어보게. 자네에게 맡길 거라고 내게 경고하더군. 다 읽고 나서 더 알고 싶은 마음이 생기거든 내 고백을 들어주게.

자네의 쓸모없고 불행한 친구,
헨리 지킬

"봉투에 또 뭐가 들어 있었나?"

어터슨이 물었다.

"여기 있습니다, 변호사님."

풀이 그렇게 말하면서 여러 군데가 봉해진 꽤 두툼한 종이 다발을 건넸다. 어터슨은 그것을 주머니에 집어넣었다.

"이 편지에 관해서는 아무 말도 하지 않겠네. 자네 주인이 달아났든 죽었든, 적어도 지킬의 명예는 지킬 수 있을 걸세. 벌써 10시군. 나는 집에 가서 이 기록들을 읽어봐야겠어. 하지만 자정 전에는 돌아올 테니 그때 경찰에 신고하세."

두 사람은 밖으로 나가며 강의실 문을 잠갔다. 어터슨은 홀의 난롯가에 모여 있는 하인들을 또 한 번 뒤에 남겨둔 채, 이 수수께끼를 풀어줄 두 편의 이야기를 읽기 위해 사무실로 터벅터벅 걸어갔다.

래니언 박사의
이야기

나흘 전인 1월 9일, 야간 배달로 등기우편 한 통을 받았네. 내 동료이자 학창 시절 벗인 헨리 지킬의 필체로 주소가 적혀 있더군. 나는 적잖이 놀랐지. 우리끼리 편지를 주고받은 적이 없는데다 바로 전날 밤에 만나서 저녁 식사를 같이했으니까. 그리고 우리 사이에 무슨 중요한 이야기가 있다고 등기로 부치기까지 했을까 싶었지. 편지를 읽어보니 더욱 놀랍더군. 이런 내용이었다네.

18××년 12월 10일*

래니언, 자네는 나의 가장 오랜 벗 중 한 명일세. 비록 과학과 관련된 문제에서 서로 의견이 다를 때도 있었지만, 적어도 내 기억으로는 우리의 우정이 깨진 적은 한 번도 없었지. 만약 한 번이라도 자네가 내게 '지킬, 내 목숨, 내 명예, 내 이성이 자네에게 달려 있네'라고 말했다면, 나는 주저 없이 내 왼손을 희생해서라도 자네를 도왔을 걸세. 래니언, 내 목숨, 내 명예, 내 이성 이 모두가 자네 손에 달려 있다네. 오늘 밤 자네가 날 저버린다면 난 더 이상 기댈 데가 없어. 이렇게 요란하게 운을 뗐으니, 뭔가 파렴치한 부탁을 하려나 보다 생각할 수도 있겠군. 판단은 자네에게 맡기겠네.

오늘 밤에 다른 모든 약속은 뒤로 미루어주게. 설사 황제를 치료

---

* 래니언은 1월 9일에 지킬의 편지를 받았다고 했는데, 원문에는 12월 10일로 나와 있다. 이는 일반적으로 작가의 실수로 여겨진다 - 옮긴이

하라는 명이 떨어진다 해도 말일세. 자네 집의 마차가 바로 준비되지 않는다면 거리의 마차를 잡아타게. 그리고 혹시 모르니 이 편지를 챙겨서 곧장 내 집으로 와주게. 내 집사인 풀에게 미리 일러두었으니, 열쇠공과 함께 자네를 기다리고 있을 걸세. 열쇠공을 시켜서 내 서재 문을 열게. 방에는 자네 혼자 들어와야 하네. 그리고 왼편에 있는 진열장(E열)을 열게, 만약 잠겨 있다면 자물쇠를 부숴도 좋아. 위에서 네 번째, 아니면 밑에서 세 번째 서랍(어차피 같은 서랍이지만)을 내용물이 담긴 그대로 끄집어내게. 지금 내가 제정신이 아니라 자네에게 잘못 알려주는 건 아닌가 두렵기 그지없네. 하지만 설령 내가 실수한다 해도, 내용물을 보면 어느 서랍인지 알 수 있을 걸세. 약간의 가루, 작은 유리 약병 하나, 공책 한 권이 들어 있다네. 그 서랍을 고스란히 캐번디시 스퀘어로 가져가주게.

이로써 자네가 해줄 일의 절반은 끝나고, 나머지 절반이 남았네. 자네가 이 편지를 받자마자 출발한다면 자정이 되기 훨씬 전에 도착할 수 있을 걸세. 하지만 자정까지는 여유를 주겠네. 막을 수 없거나 미처 예상치 못한 일이 생겨서 지체될 수도 있거니와, 이제부터 자네가 할 일은 하인들이 잠든 시간에 처리하는 편이 더 좋을 테니까. 자네는 자정에 혼자 진찰실을 지키고 있다가, 내 이름을 대는 남자가 찾아오면 자네가 직접 집 안으로 들여주고, 내 서재에서 가져간 서랍을 그의 손에 넘겨주면 되네. 이로써 자네는 역할을 다한 것이고, 나는 진심으로 고마워할 걸세. 굳이 해명을 들어야겠다면, 5분만 기다려보게. 자네가 내게 얼마나 중요한 일을 해줬는지 이해하게 될 걸세. 이 무슨 엉뚱한 부탁인가 싶겠지만, 이 중 하나라도 지키지 않았다간 내가 죽거나 내 이성이 파괴되어 자넨 양심의 가책에 시달리게 될 테지. 나의 이 호소를 자네가 가볍게 여기지 않으리라 믿지만, 그럴 가능성이 조금이라도 있다고 생각하면 가슴이 철렁 내려앉고 손이 부르르 떨린다네. 이 시간에 낯선 곳에서 상상조차 할 수 없는 암담한 비탄 속에서 고투하고 있는 나를 생각해주게. 자네가 늦지 않게 나를 도와주기만 한다면, 내 고통은 옛이야기처럼 흘러가 버릴 걸세. 친애하는 래니언, 부디 나를 저버리지 말고 구해주게.

자네의 벗,

H.J.

추신 : 이 편지를 봉하고 나서 무시무시한 걱정이 또 하나 생겼네. 만에 하나 우체국의 실수로 이 편지가 내일 아침까지 자네 수중에 들어가지 못하면 어쩌나 하고 말일세. 래니언, 만약 그런 사태가 발생하면 하루 중 자네에게 가장 편한 시간에 일을 처리해도 좋네. 그리고 다시 자정에 내 심부름꾼을 기다려주게. 그땐 이미 늦을지도 모르지만, 그날 밤 별일 없이 지나간다면 자네는 헨리 지킬의 마지막을 본 셈이 되는 걸세.

이 편지를 읽자마자 나는 내 동료가 미쳤다고 확신했네. 하지만 그 사실이 명백하게 증명되지 않은 이상, 어쨌든 친구의 부탁을 들어줘야 한다고 생각했지. 이 아수라장 같은 상황을 도통 이해할 수가 없으니 얼마나 중요한 일인지 판단할 입장이 못 되거니와, 또 그렇게 절절한 호소를 가볍게 무시할 수도 없는 노릇이고 말이야. 그래서 집을 나서서 마차를 타고 곧장 지킬의 집으로 달려갔

네. 집사가 기다리고 있더군. 풀도 나처럼 등기우편을 받고, 거기에 담긴 지시대로 곧장 열쇠공과 목수를 부르러 사람을 보냈다고 했어. 우리가 이야기를 나누는 사이 그 둘이 도착해서 다 같이 덴먼 박사의 강의실이었던 곳으로 우르르 몰려갔네. (자네도 잘 알다시피) 거기를 통하면 지킬의 개인 서재로 가장 편하게 들어갈 수 있잖나. 문은 어지간히 단단하더군, 자물쇠도 튼튼하고 말이야. 목수는 억지로 문을 열려면 고생이 이만저만 아닐 테고 문이 많이 망가질 거라고 장담했어. 열쇠공은 거의 자포자기 상태였지만, 그래도 손재주가 좋은지 두 시간 동안 씨름하더니 문을 떡하니 열어주더군. E라고 표시된 진열장은 잠겨 있지 않았어. 그래서 서랍을 빼내어 짚으로 안을 채운 다음 캐번디시 스퀘어로 가져왔네.

그때부터 서랍 안에 뭐가 들었는지 살펴보기 시작했지. 가루는 제법 깔끔하게 제조되어 있었지만 약제사의 솜씨는 아니었네. 틀림없이 지킬이 손수 제조한 거야. 포장지 하나를 풀어봤더니, 흰색의 단순한 염류 결정체 같은 것이 들어 있더군. 다음으로 약병을 살펴봤는데, 핏빛 액체가 반쯤 채워져 있었어. 냄새가 너무 역한 걸 보니 인이나 휘발성 에테르가 들어간 게 아닐까 싶었지. 다른 성분은 짐작조차 안 되더군. 공책은 평범한 연습장으로 거의 날짜만 줄줄이 적혀 있었는데, 기록이 수년간 이어지다가 거의 1년 전에 툭 끊겼어. 여기저기 날짜 옆에 짧은 설명이 대부분 달랑 한 단어로 붙어 있고. 수백 건의 기록 중에 '두 배'라는 말이 여섯 번 정도 나왔고, 아주 초반에는 느낌표를 몇 번이나 쓰고 나서 '완전히 실패!!!'라고 적어놓은 부분도 있더군. 그 모든 걸 보고 나니 호기심이 동했지만 확실한 건 거의 없었네. 팅크[*] 같은 것이 들어 있는 약병 하나, 종이에 싼 염류 같은 가루, (지킬의 연구가 대부분

---

* 알코올에 혼합하여 약제로 쓰는 물질 – 옮긴이

그렇듯) 실용성이라곤 눈곱만큼도 없는 일련의 실험을 기록한 공책, 그게 전부였으니 말일세. 내 집에 이런 것들이 있다고 해서, 내 변덕스러운 동료의 명예니 이성이니 목숨이니 하는 것들이 무슨 영향을 받는단 말인가? 심부름꾼을 내 집이 아니라 자기 집으로 보내면 될 일 아닌가? 하다못해 무슨 곤란한 상황이 있다 쳐도, 왜 내가 그자를 비밀리에 받아줘야 한단 말인가? 생각하면 할수록 이 친구의 뇌에 이상이 생겼다는 확신만 점점 더 커졌네. 하인들을 잠자리로 물리긴 했지만, 혹여 무기가 필요한 상황이 생길지도 모르니 오래된 권총에 총알을 장전해뒀지.

런던 전역에 밤 12시를 알리는 종이 울리자마자 노커로 문을 살살 두드리는 소리가 들리더군. 나가보니 작은 남자가 현관 기둥에 기댄 채 몸을 웅크리고 있었어.

"지킬 박사가 보내서 왔소?"

내가 묻자 그자가 부자연스러운 몸짓으로 "그렇소"라고 답하기에 들어오라고 했더니, 바로 들어오지 않고 어두운 거리를 힐끔 돌아보는 게 아닌가. 그리 멀지 않은 곳에서 경찰 한 명이 각등을 들고 다가오고 있었는데, 그걸 보고는 이자가 움찔하면서 더 서두르는 것 같았어.

솔직히 고백하자면, 그자의 태도 하나하나가 마음에 들지 않았네. 그자를 뒤따라 밝은 진찰실로 들어가면서 나는 이미 권총에 손을 얹고 있었지. 그리고 드디어 그자를 똑똑히 볼 수 있는 기회가 생겼네. 내가 한 번도 만나본 적이 없는 사람이더군, 그것만큼은 확실했어. 말했다시피 몸집이 작았는데, 놀라운 건 그뿐만이 아니었어. 그 소름 끼치는 표정하며 뛰어난 몸놀림과 부실한 몸뚱어리의 기이한 조합도 놀라웠지만, 그자와 가까이 있으면 묘하

게 마음이 뒤숭숭해지는 것이 참으로 이상하더란 말일세. 오한이 들기 시작하는 것 같더니 맥박까지 느려지더군. 당시엔 그 작자가 어지간히 마음에 안 들어서 그런 줄 알았고, 그저 증상이 왜 이리 심할까 의아스러웠을 뿐이었어. 하지만 그 후에 나는 그 원인이 인간 본성의 훨씬 더 깊숙한 곳에 있으며, 단순히 증오로 치부할 수 없는 더 묵직한 원리에 의한 것이라고 믿게 되었네.

그 사내(들어온 순간부터 역겨운 별종이라는 생각밖에 들지 않더군)는 보통 사람이라면 웃음거리가 될 만한 옷차림을 하고 있었어. 질 좋은 원단으로 만들어진 옷이긴 했지만, 모든 치수가 그자에겐 커도 너무 컸거든. 바지는 다리에 겨우 매달려 있다시피 하면서 바닥에 끌리지 않도록 밑단이 접혀 있고, 외투의 허리 부분은 엉덩이 밑까지 내려와 있고, 옷깃은 어깨에 널따랗게 벌어져 있었지. 이상한 이야기지만, 이 어처구니없는 차림새에도 전혀 웃음이 나오질 않더군. 지금 내 앞에 서 있는 남자의 본질 자체에 비정상적이고 흉측한 구석, 압도적이고 놀라우면서도 혐오스러운 무언가가 있었기에, 이 생생한 괴리감이 오히려 잘 어울리고 그의 존재감을 더욱 북돋아주는 듯했네. 그래서 그자의 본성과 인격뿐만 아니라 출신, 생애, 재산, 지위까지 궁금해질 정도였어.

143

이렇게 한참이나 썼지만 그 모든 걸 관찰하는 데 단 몇 초밖에 걸리지 않았네. 나를 찾아온 이 손님은 음울한 흥분에 휩싸여 있었어.

"그거 가져왔소? 가져왔냐니까?"

그렇게 울부짖더니 얼마나 마음이 급했으면, 심지어 내 팔을 붙잡고 내 몸을 흔들려 하는 게 아닌가.

그자의 손이 닿는 순간 혈관이 얼어붙는 것 같아서 나는 애써

밀어내며 말했네.

"자, 선생, 나는 아직 선생이 어떤 분인지도 모른다오. 우선 앉아요."

그리고 그자에게 시범을 보여줬지. 늘 앉는 의자에 앉아서, 평소에 환자를 대하는 태도를 흉내 냈네. 시간도 늦었고 머리도 복잡한데다 이 손님이 두려워서 평소와 똑같이 행동하기는 무리였거든.

그자는 꽤 정중히 답하더군.

"죄송합니다, 래니언 박사님. 박사님의 말씀이 옳습니다. 다급한 나머지 무례를 범했군요. 박사님의 동료분인 헨리 지킬 박사님의 부탁으로 왔습니다. 어떤 중요한 일을 처리해달라고 하셔서요. 제가 알기로는……."

남자는 거기서 말을 끊고 목을 만졌는데, 겉으로는 침착해 보여도 또 히스테리가 터져 나올까봐 씨름하고 있었던 거야.

"제가 알기로는 서랍이……."

그 순간 그자의 긴장감이, 그리고 점점 더 커져가는 내 호기심이 측은하게 느껴지기 시작했어.

"저기 있소."

나는 탁자 뒤의 바닥에 여전히 시트를 뒤집어쓴 채 놓인 서랍을 가리키며 말했지.

그자는 벌떡 일어나 서랍으로 달려들더니 멈칫하고는 심장 위에 손을 얹었네. 턱을 얼마나 심하게 떨어대는지 으드득하고 이가 갈리는 소리까지 들리더군. 그의 얼굴을 보니 송장처럼 파리한 것이, 이러다 곧 죽는 건 아닌지, 정신이 나간 건 아닌지 불안해질 지경이었어.

"진정하시오."

내가 말하자 그자가 흉측한 미소를 지어 보이더니, 어떤 체념 어린 결단을 내린 것처럼 시트를 홱 벗기더군. 그러고는 서랍 안의 내용물을 보고 크게 안도하면서 어찌나 요란하게 흐느껴 우는지, 보는 내가 다 질겁했지 뭔가. 다음 순간 그는 꽤 차분해진 목소리로 물었지.

"혹시 미터글라스 있습니까?"

나는 조금 힘겹게 일어나서 그자가 부탁한 물건을 건넸네.

그는 미소 지으며 고개를 끄덕여 감사 인사를 하고, 미터글라스에 붉은 팅크를 몇 방울 떨어뜨린 뒤 어떤 가루를 첨가했어. 혼합물은 원래 붉은 기를 띠었는데 결정체가 녹을수록 색이 밝아지고 거품 이는 소리가 들리더니, 조금씩 증기가 뿜어져 나오기 시작했네. 그렇게 끓어오르던 액이 갑자기 잠잠해지고 짙은 자주색으로 변했다가 다시 서서히 옅어져 연녹색이 되더군. 이 변화를 날카로운 눈으로 주시하던 남자는 빙긋 웃으며 미터글라스를 탁자에 내려놓더니 내 얼굴을 찬찬히 뜯어보았네.

"이제 남은 일을 처리해야겠군. 선생은 지혜로워지고 싶소? 가르침을 받고 싶소? 여기서 이야기를 끝내고 내가 이 시험관을 챙겨 그냥 선생 집에서 나가도 되겠소? 아니면 궁금해서 못 견딜 지경이신가? 잘 생각하고 답하시오. 선생이 결정하는 대로 될 테니까. 결정하기에 따라, 예전 그대로 남을 수도 있소. 더 부자가 되지도, 더 지혜로워지지도 않은 채 말이오. 치명적인 고통에 처한 인간을 도왔으니 영혼이 풍요로워졌다고 여길 순 있겠지. 혹은, 선생이 선택하기만 하면, 새로운 영역의 지식뿐만 아니라 명성과 권력에 이르는 새로운 길이 선생 앞에 펼쳐질 수도 있소. 여기, 이 방

145

에서, 지금 당장. 한 천재가 사탄의 존재에 대한 불신을 뒤흔드는 어마어마한 광경을 목격하게 될 거요."

속내는 전혀 그렇지 못했지만 나는 짐짓 차분한 척 말했네.

"선생, 수수께끼 같은 말씀을 하시는데 난 곧이곧대로 믿질 못하겠소. 그래도 이왕 불가사의한 부탁을 들어준다고 여기까지 온 김에 끝을 봐야겠소."

"좋소. 래니언, 의사로서 했던 서약을 잊지 마시오. 앞으로 벌어지는 일은 절대 밖으로 새어 나가서는 안 되오. 자, 이제, 그토록 오랜 세월 지극히 편협하고 물질적인 시각으로 세상을 바라보며, 초월적인 의학의 미덕을 부정하고, 더 뛰어난 사람들을 조롱했던 선생, 잘 보시오!"

그는 시험관을 입술로 가져가 그 내용물을 단숨에 삼켰어. 그러더니 울부짖으면서 휘청휘청 비틀거리다 탁자를 꽉 붙잡고 버티더군. 핏발 선 눈을 부릅뜨고, 떡 벌어진 입으로 숨을 헐떡이면서. 변화가 일어나는가 싶더니 ─ 그자의 몸이 부풀어 오르는 것 같았네 ─ 얼굴이 갑자기 시커메지고 이목구비가 녹으면서 달라지는 게 아닌가. 나는 벌떡 일어나 벽 쪽으로 펄쩍 뛰면서 그 기괴한 생명체로부터 나를 지키기 위해 팔을 들어올렸네. 너무 두려워서 정신이 혼미해질 지경이었지.

"오, 하느님! 오, 하느님!"

나는 비명을 질렀네. 소리를 지르고 또 질렀어. 왜냐하면 내 눈앞에, 마치 저승에서 돌아온 사람처럼 창백하고 얼떨떨한 얼굴을 하고서 거의 인사불성으로 두 손을 내밀어 자기 앞의 허공을 마구 더듬는 헨리 지킬이 거기에 서 있었단 말일세!

그 후 한 시간 동안 그에게서 들은 이야기는 차마 종이에 옮겨적을 수 없네. 보이는 것을 보고, 들리는 것을 들었을 뿐인데 내 영혼은 병들고 말았어. 그 광경이 내 눈앞에서 사라진 지금, 그걸 믿느냐고 나 자신에게 물어봐도 선뜻 대답을 할 수가 없군. 내 삶은 뿌리까지 뒤흔들렸어. 도무지 잠을 이룰 수가 없고, 낮이든 밤이든 죽을 듯한 공포가 내 곁을 떠나지 않아. 살날이 얼마 남지 않은 것 같네. 난 곧 죽을 거야. 마지막까지 의심을 품은 채 죽겠지. 그 자가 참회의 눈물까지 뚝뚝 흘리며 내게 고백했던 파렴치한 죄는 기억으로라도 떠올리기 싫을 만큼 참담하다네. 한 가지만 말해주지, 어터슨, (자네가 이 이야기를 믿는다면) 감당하기 힘들겠지만 말일세. 그날 밤 내 집에 슬며시 기어든 그자는, 지킬의 고백에 따르면 커루를 살해한 범인으로 전국 방방곡곡에 수배된 하이드라는 자였네.

Hastie Lanyon

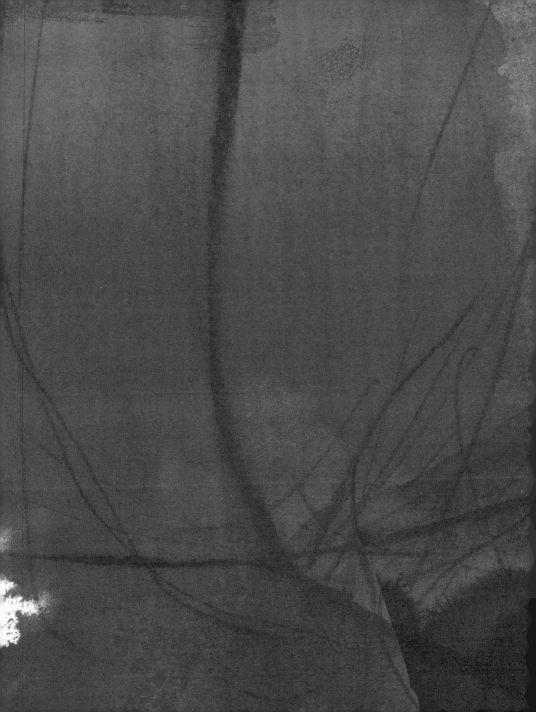

마치 저승에서
돌아온 사람처럼……

헨리 지킬이 거기에

서 있었단 말일세!

헨리 지킬의

최후 진술

나는 18××년에 아주 부유한 집안에서 태어났네. 훌륭한 자질도 타고나서 천성이 부지런했으며, 지혜롭고 선량한 사람들에게 존경받는 것을 좋아했지. 그러니 누구나 예상할 수 있듯이, 명예롭고 성공적인 미래가 보장된 셈이었어. 하지만 향락에 쉽게 빠진다는 것이 내 최악의 단점이었네. 그런 기질은 많은 이들을 즐겁게 해주기도 했지만, 고개를 당당히 쳐들고 남들 앞에서 근엄한 얼굴을 유지하고픈 내 오만한 욕심과는 어울리지 않았지. 그래서 그런 방종한 성향을 숨겨둔 채 살았네. 그러다 삶을 반추하는 나이가 되어 주변을 둘러보고 나의 성과와 지위를 찬찬히 살펴보기 시작했을 즈음 나는 이미 심각한 이중생활에 깊이 빠져 있었어. 내가 범한 그런 난잡한 짓을 떠벌리고 다니는 자도 많겠지. 그러나 스스로에게 높은 잣대를 들이댄 나는 그 방종함을 거의 병적으로 수치스러워하며 꼭꼭 숨겼다네. 따지고 보면, 내가 그렇게 된 것은 내 결점이 유달리 추악해서가 아니라 도달하기 힘든 높은 야심을 품은 탓이었어. 사람의 이중적 본성을 나누기도 하고 뒤섞기도 하는 선과 악의 영역이 있는데, 내 안에는 그 사이의 골이 남달리 깊이 파여 있었지. 그러니 종교의 근간이자 고통의 수많은 원인 중 하나인 그 가혹한 삶의 법칙을 골똘히, 그리고 끊임없이 고민하게 되더군. 나는 겉과 속이 다를지는 몰라도 결코 위선자는 아니었네. 내 안에 존재하는 두 인격 모두 진정이었단 말일세. 제약을 벗어던지고 망신스러운 짓을 벌컥 저지르는 나도, 대낮에 지식을 쌓거나 슬픔과 괴로움을 달래려 애쓰는 나도 진짜 나였네. 그리고 우연히도 신비주의적이고 초자연적인 과학 연구에 미쳐 있던 나는 어쩌면 두 인격 사이의 끝날 줄 모르는 전쟁을 해결할 수 있을지도 모른다는 생각이 들더군. 도덕적 지능과 지적 지능을 동원하여 하루하루 진리를 향해 천천히 다가갔네. 작은 파편만 발견해도 나를 지독한 파멸로 빠뜨리고 말 그 진리를 향해. 인간은 진정 한 명이 아니라 두 명이라는 진리. 내가 둘이라고 말하는 건, 내 지식의 한계로는 그 지점을 넘어서지 못하기 때문일세. 이런 생각에 동의하며 따르는 자들도 있을 테고, 나를 능가하는 자들도 나오겠지. 내가 감히 추측해보자면, 결국에 인간은 다중적이고 모순적이며 독자적인 생물들의 집합체로 정의될 걸세. 내 경우에는 내 삶의 성격상 영락없이 한 방향으로, 오로지 한 방향으로만 나아갈 수밖에 없었지. 그런 내가 인간의 철저하고 원시적인 이중성을 깨달은 건 도덕적 측면에서, 그리고 나 자신을 통해서였어. 내 의식 속에서 싸우고 있던 두 본성 중에 하나가 나라고 말할 수 있다면, 그건 근본적으로 둘 다 나이기 때문에 가능한 일이었지. 내 과학적 발견이 기적을 일으킬 수 있을지도 모른다는 가능성이 명확히 보이기 전부터 일찌감치 나는 이 인격들을 분리하면 어떨까 하는 매력적인 몽상을 즐기기 시작했네. 둘을 각자 개별적인 정체성 안에 가둘 수만 있다면, 이 모든 힘겨운 고통으로부터 해방되리라. 부정한 인격은 더 고결한 쌍둥이의 염원과 양심의 가책에서 벗어나 제 갈 길을 갈 수 있으리라. 올곧은 인격은 오르막길을 꾸준히 착실하게 오르며 선행속에 기쁨을 찾으리라. 철저히 남이 된 악인에게 휘둘려 치욕과참회를 되풀이하는 일도 더 이상 없을 테고. 어울리지 않는 이 둘이 한데 묶여 있다는 건, 극과 극의 이 쌍둥이들이 고뇌하는 의식속에서 하염없이 싸워야 한다는 건 인간에게 내려진 저주였어.그렇다면 어떻게 해야 이 둘을 떼어놓을 수 있을까?

　여기까지 생각이 진행되었을 때, 앞서 말했다시피 실험대에서우연히 희망의 빛을 보았다네. 우리가 옷처럼 걸치고 다니는 이몸뚱어리가 겉으로는 무척 단단해 보여도 실은 실체가 없어 쉽게흔들릴 수 있다는 것을, 엷은 안개처럼 쉽게 변할 수 있다는 사실을 그 어느 때보다 깊이 인지하기 시작했지. 그리고 천막을 홱 젖히는 바람처럼 우리의 살가죽을 마구 흔들어 뜯어내버릴 만큼 위력적인 약품들을 발견했어. 나의 고백에서 이 과학적인 부분은 더깊이 파고들지 않겠네. 두 가지 이유 때문일세. 첫째, 삶의 숙명과고통은 언제까지나 우리의 어깨에 짊어져야 하는 것, 그것을 떨쳐내려 하면 더욱 낯설고 더욱 지독한 압박감으로 돌아올 뿐이니까.둘째, 아아! 어차피 내 이야기로 자명하게 밝혀지겠지만, 내 발견은 완벽하지 못했어. 그땐 자연 그대로의 내 육체가 영혼을 이루는 힘들의 기운과 광휘에 불과하다는 사실을 깨닫는 것만으로도충분하게 느껴졌네. 그뿐 아니라 그 힘들을 몰아내줄 약의 조제법까지 알아냈지. 그러면 제2의 형상과 생김새로 바뀌겠지만, 내 영

극과 극의 이 쌍둥이들이

고뇌하는
의식 속에서
하염없이

싸워야 한다……

혼의 저급한 요소들이 고스란히 표출될 테니 내게는 전혀 어색하지 않을 터였어.

이 이론을 실제로 시험해보기 전까지 한참이나 망설였네. 죽을 수도 있다는 걸 잘 알고 있었으니까. 정체성의 요새 자체를 그토록 강력하게 지배하고 뒤흔들 수 있는 약이라면 아주 조금만 과용해도, 혹은 약효가 발휘되는 때가 아주 살짝만 어긋나도 실체 없는 육체를 변화시키는 것이 아니라 완전히 지워버릴 수도 있었어. 하지만 이례적이고 심오한 진리를 발견하고픈 유혹 앞에서 불안감 따위는 문제되지 않았지. 팅크는 이미 오래전에 준비해두었고, 실험을 통해 마지막 재료로 특정 염류가 필요하다는 걸 알고는 곧장 어느 약품 도매상으로부터 다량으로 구매했네. 그리고 어느 저주받은 늦은 밤, 약재들을 유리관에 넣어 섞었더니 부글부글 끓어오르며 연기를 내뿜다가 잠잠해지더군. 내 안에서 뜨거운 용기가 솟구쳤고 나는 약물을 단숨에 들이켰어.

뒤이어 격심한 고통이 찾아왔지. 뼈가 갈리듯이 삐걱거리고, 지독한 욕지기가 일고, 태어나거나 죽을 때도 겪지 못할 영혼의 공포를 느꼈네. 그러다가 괴로움이 순식간에 가라앉고, 마치 큰 병이 나은 것처럼 정신이 들더군. 그런데 감각이 왠지 모르게 이상한 거야. 이루 말할 수 없이 새로운 감각이었고, 그 새로움이 믿기 힘들 정도로 달콤했지. 몸이 더 젊어지고, 더 가뿐해지고, 더 상쾌해진 기분이었어. 마구 들떠서 무슨 일이든 저지르고 싶고, 환영 속에서 어수선하고 관능적인 이미지들이 물방아를 돌리는 물줄기처럼 계속 흐르고, 의무감은 스르르 녹아 사라지고, 영혼은 낯설면서도

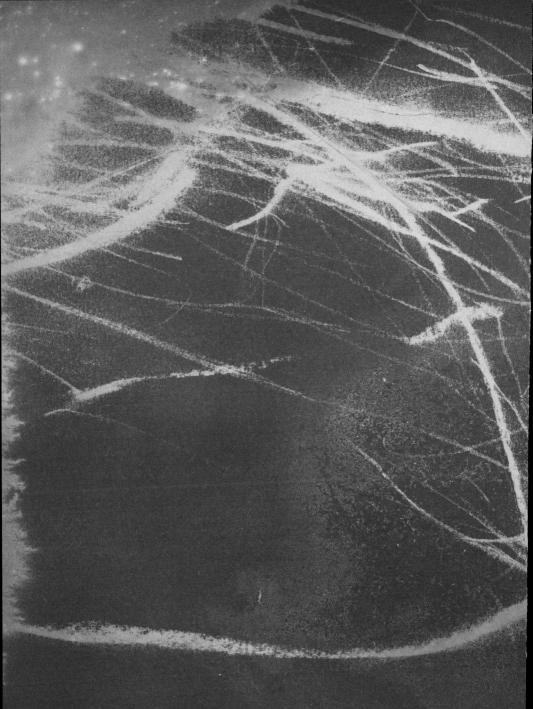

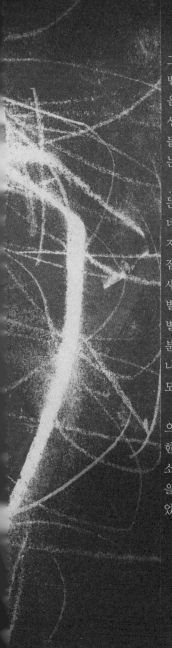

그리 순수하지 않은 자유를 얻었네. 이 새로운 생명이 첫 숨결을 뱉자마자 나는 나 자신이 더 사악해졌음을, 열 배는 더 사악해졌음을, 본래 내 안에 있던 악인에게 노예로 팔렸음을 알았어. 그렇게 생각하는 순간 와인이라도 마신 것처럼 기운이 돋고 환희가 찾아들지 뭔가. 두 손을 쭉 뻗으며 이 신선한 감각을 만끽하는데, 그러는 와중에 내 키가 줄어들었다는 걸 갑자기 깨달았지.

당시엔 내 방에 거울이 없었네. 이 글을 쓰는 지금 내 옆에 서 있는 거울은 나중에, 바로 이렇게 변신할 때를 위해 들여놓은 거라네. 그날 밤은 이미 너무 깊어져 아침이 멀지 않았고, 아직 어두웠지만 곧 하루가 시작되려 하고 있었어. 집 안의 가솔들은 한창 단잠에 빠져 있을 때였어. 나는 희망과 승리감에 젖어 상기된 채 이 새로운 모습으로 내 방까지 가보기로 했네. 안뜰을 가로지를 때 별들이 나를 내려다보고 있었지. 잠들지 않고 하늘을 지키는 저 별들도 이런 피조물은 처음 보겠구나 하고 생각하니 경이로운 기분이 들더군. 나는 내 집의 낯선 손님이 되어 살금살금 복도를 지나 내 방으로 갔네. 그리고 거기서 처음으로 에드워드 하이드의 모습을 보았지.

여기서는 내가 아는 바가 아니라 가장 그럴듯한 설명을 이론적으로만 기록하겠네. 내 몸에서 찍어낸 듯 그대로 드러난 나의 악한 본성은 방금 쫓아낸 선한 본성보다 힘이 떨어지고 체격도 왜소했어. 다시 말하지만, 나는 노력과 덕행과 절제로 점철된 인생을 살아왔기에 악한 본성이 지칠 때까지 능력을 발휘할 일은 드물었거든. 아마도 그래서 에드워드 하이드는 헨리 지킬보다 훨씬 더

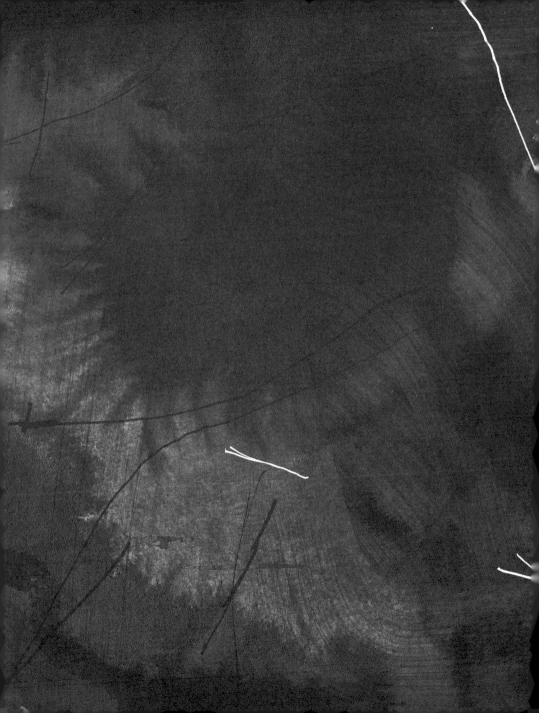

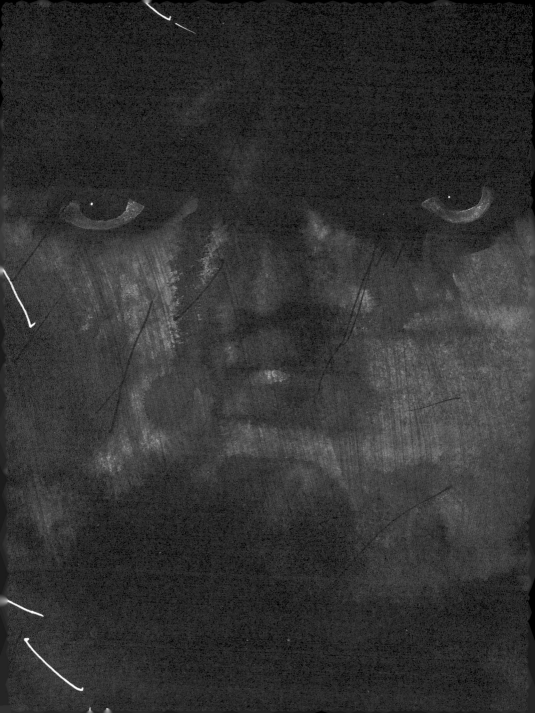

작고 더 가냘프고 더 젊었을 걸세. 지킬의 얼굴은 선하게 빛나는 반면, 하이드의 얼굴에는 누가 봐도 또렷하게 악한 기운이 서려 있었지. 악(나는 이것이 인간의 치명적인 면이라고 여전히 믿고 있네)은 그 몸에 기형과 부패의 흔적까지 새겨 넣었지만, 그 추해빠진 우상 같은 몰골을 거울로 봤을 때 혐오스럽기는커녕 마냥 반갑기만 하더군. 그자 역시 나였어. 자연스럽고 인간다워 보였지. 내가 보기에는 더 활기찬 영혼을 담고 있었고, 여태껏 당연한 듯이 내 몸이라고 불러온 불완전하고 분열된 껍데기보다 뚜렷하고 완전한 존재 같았네. 지금까지는 이런 내 생각이 확실히 옳았어. 내가 에드워드 하이드의 모습일 때 가까이 다가오는 사람들은 여지없이 불안해하며 몸부터 반응을 보였으니까. 우리가 마주치는 모든 인간은 선과 악이 뒤섞여 있는데, 에드워드 하이드는 순수한 악 그 자체였기 때문이겠지.

나는 거울 앞에서 오래 꾸물거리지 않았네. 결정적인 두 번째 실험이 남아 있었거든. 예전으로 돌아갈 수 없을 정도로 정체성을 완전히 잃어버리지는 않았는지 확인하고, 만약 그렇다면 이제는 내 것이 아닌 그 집에서 날이 밝기 전에 달아나야 할 것 아닌가. 허둥지둥 서재로 돌아가 다시 한 번 약을 조제해 마시고, 다시 한 번 몸이 녹아내리는 듯한 고통을 맛보았더니, 헨리 지킬의 인격과 키와 얼굴이 되돌아오더군.

그날 밤 나는 파멸적인 갈림길에 서 있었네. 이 발견에 좀 더 고결한 영혼으로 접근했더라면, 관대하거나 경건한 열망을 품고 있을 때 그 실험을 감행했더라면 모든 것이 달라졌을 걸세. 죽음과

탄생의 고통으로부터 악귀가 아닌 천사가 나왔겠지. 그 약 자체는 구별하는 능력이 전혀 없어서 사악하지도, 신성하지도 않았어. 그저 내 기질이라는 감옥의 문을 뒤흔들었을 뿐, 그리고 빌립보의 죄수들처럼* 그 안에 서 있던 것이 도망 나왔을 뿐. 그때 나의 선은 잠들어 있었고, 야심을 품은 채 눈을 시퍼렇게 뜨고 있던 나의 악이 그 기회를 잽싸게 잡아챈 거야. 그렇게 밖으로 뛰쳐나온 것이 바로 에드워드 하이드였네. 이런 까닭에 이제 나의 생김새도 인격도 두 개가 되었고 하나는 온전한 악, 다른 하나는 예전의 헨리 지킬 그대로였어. 전혀 어울리지 않는 둘의 조합이 더 나은 모습으로 거듭날 수 있으리라는 기대 따위는 이미 접었지. 그렇게 상황은 더 나쁜 방향으로 흘러가고 있었네.

그때까지도 나는 연구에 바치는 무미건조한 삶을 혐오하고 있었어. 그래서 가끔은 향락에 빠져서, (좋게 말하면) 지급한 오락거리를 즐기기도 했지. 이름이 꽤 알려졌고 신망이 두텁거니와 나이도 노년에 접어들고 있는 내게 이런 모순된 삶은 날이 갈수록 달갑지 않게 느껴졌네. 나의 새로운 힘에 유혹당하여 급기야 노예처럼 굴복하고 만 것도 바로 이 때문이었지. 그저 약을 들이켜 저명한 교수의 몸뚱어리를 당장에 벗어던지고, 에드워드 하이드의 몸뚱어리를 두툼한 망토처럼 걸치기만 하면 그만 아닌가. 생각만 해도 씨익 웃음이 나오더군. 그땐 그저 재미있는 장난처럼 느껴졌거든. 그래서 나는 아주 세심하게 준비해나갔네. 소호에 집 한 채, 경찰이 하이드를 추적해서 찾아낸 바로 그 집을 구해서 가구를 들인 다음, 내가 알기로는 입이 무겁고 양심이라곤 없는 사람을 가정부

177

---

* 사도행전 16장 25~27절. 옥에 갇힌 바울과 실라가 기도를 올리자 땅이 흔들리고 감옥의 터전이 흔들리며 옥문이 열리고 모든 죄수의 수갑과 차꼬가 풀린다 - 옮긴이

로 고용했지. 다른 한편으로는 하인들에게 하이드(그의 생김새를 설명해주면서)가 내 집을 전적으로 자유롭게 드나들며 원하는 건 뭐든 할 수 있게 내버려두라고 일러두었네. 불상사를 막기 위해 내가 두 번째 인격의 모습으로 직접 집에 찾아가 하인들이 그 얼굴을 익히게 만들기까지 했어. 다음으로, 자네가 그토록 반대한 유언장을 작성했지. 만약 지킬 박사의 몸일 때 무슨 변고가 생기더라도 금전상의 손실 없이 에드워드 하이드의 삶으로 옮겨갈 수 있도록. 그렇게 나름대로 철저하게 대비책을 마련해놓은 뒤 나는 내 입장에서 누릴 수 있는 기묘한 면책 특권으로 이득을 보기 시작했네.

예전에 사람들은 범죄를 저지르고 싶을 때 자신의 몸과 명성은 안전하게 지키면서 불량배를 고용했지. 나는 그걸 오락거리로 삼은 최초의 인간이었어. 사람들 앞에서 온화하고 고상한 명사의 모습으로 느릿느릿 걷다가 어느 순간, 학생처럼, 그런 부담을 휙 벗어던지고 자유의 바다로 무턱대고 뛰어들 수 있는 최초의 인간. 하지만 뚫을 수 없는 망토를 걸쳤으니 완벽하게 안전했지. 생각해보게, 난 존재하지도 않았네! 실험실로 달아나, 항상 준비해둔 그 물약을 1~2초 만에 삼키기만 하면 될 것 아닌가. 무슨 짓을 저질렀건 에드워드 하이드는 거울에 서린 김처럼 순식간에 사라질 터. 그러고는 헨리 지킬이 서재에 점잖게 앉아 램프의 심지를 손질하면서 의혹을 비웃겠지.

내가 다른 생김새로 위장한 채 서둘러 찾아 헤맨 도락은 말했다시피 저급한 정도였고, 그보다 더 심한 말은 쓰고 싶지 않네. 하지만 에드워드 하이드의 손에서 그 도락은 섬뜩해지기 시작하더군. 일탈에서 돌아와서는 내가 간접적으로 저지른 악행에 질겁할 때가 한두 번이 아니었네. 내 영혼에서 불러내어 마음껏 즐기라고 홀로 내보낸 이 친구는 본디 지독한 악당이었던 걸세. 오로지 자신만을 위해 행동하고 생각하면서, 남을 괴롭히는 쾌감을 짐승처럼 탐욕스럽게 만끽했어. 돌로 만들어진 인간처럼 인정이라곤 눈곱만큼도 없었지. 헨리 지킬은 가끔 에드워드 하이드의 행동에 아연실색했지만, 일반적인 법에서 멀리 벗어난 상황이니만큼 은근슬쩍 양심의 가책도 피할 수 있었네. 어쨌든 죄를 범한 건 하이드, 하이드 혼자였으니까. 지킬은 예전과 변함없었어. 다시 깨어나면 그의 선한 성품도 온전히 돌아오는 듯했고, 가능한 한 하이드가 저지른 악행을 서둘러 수습하기까지 했지. 그렇듯 지킬의 양심은 잠들어 있었네.

그런 식으로 내가 방조한 악행을 여기에 시시콜콜 옮길 생각은 없어(내가 저지른 것이라고 지금도 인정할 수가 없으니 말일세). 다만 내가 곧 응징되리라는 사실을 예고해준 전조들과 여러 사건을 밝히고 싶네. 그중 한 가지 사건은 아무런 여파도 없었으니 그냥 언급만 하고 지나가도 되겠지. 내가 한 아이에게 저지른 무자비한 짓을 보고 어느 행인이 분노했는데, 그 사람이 자네의 친척이라는 사실을 며칠 전에 알았네. 아이의 가족과 의사까지 모여들자 나는 자칫하다간 이 사람들 손에 죽겠구나 싶더군. 그래서 결국, 정당하기 그지없는 분노를 잠재우기 위해 에드워드 하이드는 그 사람들을 그 문까지 데려가, 헨리 지킬의 이름으로 수표를 끊어줄 수밖에 없었지. 하지만 그런 위험한 일이 또 일어나지 않도록 다른 은

행에 에드워드 하이드의 이름으로 계좌를 하나 만들었네. 그리고 서명을 할 때 평소와 반대 방향으로 기울어지게 쓰면서, 이것으로 내 운명을 피할 수 있겠거니 했지.

댄버스 경이 살해되기 두 달 전의 어느 날, 그날도 밖에서 모험을 즐기다가 늦게 돌아왔는데, 다음 날 침대에서 깨어났더니 왠지 묘한 감각이 들더군. 괜히 주위를 둘러보았네. 내 방의 번듯한 가구들과 널찍한 공간이 보이는데도 여전히 기분이 이상한 거야. 침대 커튼의 무늬와 마호가니 침대 프레임의 디자인을 알아봤지만, 소용없었어. 내가 있는 곳은 여기가 아니라고, 내가 깨어난 곳은 여기가 아니라 에드워드 하이드의 몸으로 자는 데 익숙해진 소호의 그 작은 방이라고 내 안의 무언가가 계속 우겨대는 것이 아닌가. 나는 혼자 픽 웃으면서, 이 환영을 심리학적으로 나른하게 탐구하기 시작했지. 그 와중에 때때로 기분 좋은 선잠에 빠지기도 했지만 계속 몰입했고, 그러다 정신이 좀 더 맑아진 어느 순간 내 손에 시선이 닿았네. 헨리 지킬의 손은 그 지위에 합당한 모양과 크기였어(자네가 자주 언급했다시피). 큼직하고, 단단하고, 희고, 단정했지. 그런데 지금, 런던 한복판의 노란 아침 햇살 속에서 또렷이 보이는 그 손, 반쯤 오므려진 채 이불 위에 놓인 그 손은 비쩍 여위고, 핏줄이 툭 불거지고, 울퉁불퉁 마디지고, 잿빛으로 파리하고, 거뭇한 털이 무성하지 뭔가. 그건 에드워드 하이드의 손이었어.

30초 정도 그 손을 빤히 쳐다보고 있었을까, 놀라서 그저 멍하니 있는데 가슴속에서 심벌즈가 쾅 하고 부딪치는 것처럼 갑작스럽고도 선명한 공포가 깨어나더군. 나는 침대에서 벌떡 일어나 거울로 달려갔네. 거울 속 모습과 눈이 마주치는 순간, 내 혈관이 쪼그라들고 얼어붙는 듯했지. 그렇네, 나는 헨리 지킬로 잠자리에 들었다가 에드워드 하이드로 깨어난 걸세. 어쩌다 이리 됐을까? 그렇게 자문한 다음, 또 한 번 두려움에 펄쩍 뛸 수밖에 없었네. 이걸 어떻게 바로잡는단 말인가? 이제 날이 꽤 밝아서 하인들은 깨어났고, 내 약은 전부 서재에 있었어. 내가 겁에 질려 서 있는 곳에서 서재까지는 기나긴 여정이 기다리고 있었고. 계단으로 두 층을 내려가고, 뒤쪽 통로를 지난 다음, 바깥뜰을 가로질러, 해부실을 통과해야 했지. 얼굴을 가릴 수도 있었지만, 변한 키를 감출 수가 없는데 무슨 소용이겠는가? 그때, 엄청난 안도감이 밀려들었네. 나의 또 다른 자아가 집을 드나드는 데 하인들이 이미 익숙해져 있다는 사실이 떠올랐거든. 얼른 나는 내 원래 체격에 맞는 옷을 최대한 잘 맞춰 입고, 황급히 집을 빠져나갔어. 브래드쇼는 그 시간에 그런 이상한 옷차림을 한 하이드를 보고는 놀라서 눈을 둥그렇게 떴다가 시선을 돌렸지. 10분 후 지킬 박사는 제 몸으로 돌아와 어두운 얼굴로 앉아서 아침 먹는 시늉을 하고 있었네.

정말 입맛이 없더군. 이제까지의 경험과 완전히 반대되는 이 영문 모를 사건이 마치 바빌론의 손가락처럼 벽에다 나를 심판하는 글을 적고 있는 듯했어.[*] 나는 내 이중적인 존재가 품고 있는 문제와 가능성을 그 어느 때보다 진지하게 고민하기 시작했네. 내가 밖으로 끌어낸 나의 또 다른 일부는 최근에 많이 움직이고 영양분도 잘 섭취했지. 요즘 들어 에드워드 하이드의 키가 자란 듯했고, (내가 그 모습을 하고 있을 때) 피가 더 잘 도는 것이 느껴질 정

---

[*] 다니엘서 5장 1~5절에서 바빌론 최후의 왕인 벨사살이 연회를 열었을 때 갑자기 사람 손이 나타나 왕궁의 벽에다 글을 쓰기 시작한다 – 옮긴이

도였어. 이런 상태가 너무 길게 이어지다간 내 본성의 균형이 영영 뒤집혀, 내 자의로 변신하는 힘을 잃어버리고 에드워드 하이드의 인격이 최종적인 내 인격이 되어버릴 수도 있지 않겠는가. 약의 효험이 항상 똑같이 나타나지는 않았네. 아주 초반에는 완전히 실패한 적도 한 번 있어서 그 후로 여러 번 약을 두 배로 늘렸고, 한번은 죽음을 무릅쓰고 세 배까지 늘렸지. 드물게 나타나는 이런 불확실성이 그때까지의 내 유일한 불만이라면 불만이었네. 하지만 그날 아침에 일어난 사건에 비추어보자면, 처음에는 지킬의 몸을 떼어내기가 힘들었다면, 시간이 갈수록 점점, 그리고 확실히 그 반대가 더 어려워졌어. 따라서 이 모든 것이 암시하는 바는 한 가지 사실이었네. 내가 본래의 더 나은 자아를 서서히 잃어가고, 또 하나의 더 나쁜 자아와 서서히 하나가 되어가고 있다는 것.

이제는 둘 중 하나를 택해야 하는 시간이 온 걸세. 나의 두 본성은 같은 기억을 갖고 있었지만, 그 외의 능력은 전혀 달랐지. (복합적인 존재인) 지킬은 신경질적인 불안감에 시달리고 탐욕스러운 열정에 휩싸여서 하이드의 쾌락과 모험을 계획하고 공유했어. 하지만 하이드는 지킬에게 눈꼽만큼도 관심이 없었네. 아니, 산적이 추적을 피해 숨을 동굴을 기억하는 정도로만 지킬을 기억했지. 지킬이 아버지처럼 관심을 기울였다면, 하이드는 아들처럼 무심했다고나 할까. 지킬과 운명을 함께한다는 건, 오랜 세월 남몰래 탐닉하다가 이제야 제대로 채우기 시작한 욕망을 버려야 한다는 뜻이었어. 하이드와 한배를 탄다면 수많은 이익과 포부는 날아가버리고, 벗 하나 없이 괄시받는 인간으로 단번에 영영 전락해버

릴 테지. 불공평한 거래처럼 보일지 몰라도, 고려해야 할 문제가 하나 더 있었네. 지킬은 금욕의 고통 속에서 괴롭게 몸부림치겠지만, 하이드는 자신이 잃은 것을 의식조차 못하리라는 사실 말이야. 내가 처한 상황이 묘해서 그렇지, 이런 논쟁은 인류의 역사만큼이나 오래도록 흔하게 이루어지지 않았나. 유혹에 빠져 바르르 떨고 있는 죄인의 운명을 결정짓는 건 바로 이런 동기와 불안감이지. 대부분의 인간이 그렇듯 나 역시 더 나은 쪽을 택했지만, 그것을 계속 지켜나갈 힘이 부족하더군.

그렇네, 친구들에게 둘러싸인 채 순수한 희망을 고이 간직한 나이 들고 불만 많은 박사가 나는 더 좋았어. 그래서 하이드의 가면을 쓰고 즐겼던 자유, 상대적인 젊음, 가벼운 걸음걸이, 펄떡거리는 충동과 은밀한 쾌락에 단호하게 작별을 고했지. 하지만 이 선택에 알게 모르게 어떤 미련이 남아 있었던 모양이야. 소호의 집을 처분하지도 않고, 에드워드 하이드의 옷을 서재에 그대로 둔 걸 보면. 그래도 두 달 동안은 내 결심에 한 치의 흔들림도 없었네. 그 두 달 동안 전에 없이 엄격하게 생활하면서 깨끗한 양심을 그 보상으로 즐겼지. 하지만 내 안에 생생하게 울렸던 경종도 시간이 흐를수록 점점 희미해지기 시작하더군. 양심을 찬양하는 것도 시들해졌어. 자유로워지려 몸부림치는 하이드처럼 나는 고통과 갈망에 시달리기 시작했네. 그리고 마침내, 의지가 흔들린 순간 다시 한 번 변신 약을 만들어 삼켜버리고 말았지.

주정뱅이는 폭음이라는 자신의 악덕을 생각할 때, 야만적이리만치 무감각해지는 몸뚱어리 때문에 무릅써야 하는 위험 따위는

고민하지도 않을 걸세. 500번에 한 번도 그런 생각은 하지 않겠지. 나 역시 그 오랜 시간 내 처지를 고민하면서도 도덕적으로 완전히 무감각해져 생각 없이 악행을 저지를 가능성에 대해서는 별로 고려하지 않았네. 그야말로 에드워드 하이드의 주된 기질이었는데 말이야. 그리고 바로 그 기질 때문에 난 응징되었지. 나의 악은 오랫동안 우리에 갇혀 있다가 포효하며 밖으로 뛰쳐나왔어. 물약을 삼키는 중에도 예전보다 더 난폭하고 더 맹렬하게 끓어오르는 악의를 느꼈네. 내 불운한 희생자의 정중한 말을 끈기 있게 듣지 못하도록 내 영혼을 폭풍우처럼 마구 휘저어놓은 것도 분명 이 악의였을 거야. 하느님 앞에서 고하니, 도덕적으로 문제가 없는 인간이라면 그런 시시한 도발에 넘어가 범죄를 저지르지는 않을 걸세. 그런데 나는 아픈 아이가 장난감을 부수듯 아무 생각 없이 폭력을 휘둘렀지. 아무리 최악의 인간이라도 유혹을 어느 정도 이겨내며 꾸준히 나아갈 수 있는 균형 감각이 있게 마련인데, 나는 그런 감각을 스스로 벗어던져버렸네. 그러니 아주 사소한 유혹 앞에서도 무너져 내릴 수밖에.

순식간에 내 안에서 악령이 깨어나 사납게 날뛰기 시작했어. 황홀경에 빠진 나는 저항하지 않는 몸을 사정없이 두들겨 패며 지팡이를 내리칠 때마다 기쁨을 맛보았지. 그러다 슬슬 지치기 시작했을 때, 무아지경의 절정에서 불현듯 차가운 공포의 전율이 심장을 관통하는 것이 아닌가. 안개가 걷히고, 내 인생이 끝장났다는 걸 알았네. 그 무시무시한 현장에서 달아나며 희희낙락하는 동시에 오들오들 떨었지. 사악한 갈망을 채우고 나니 한껏 흥분됐지만, 살고 싶은 마음도 그 어느 때보다 강렬했으니까. 나는 소호의 집으로 달려가 (만전을 기하기 위해) 서류들을 파기한 다음 가로등이 켜진 길거리를 걸었네. 여전히 마음은 황홀경에 빠진 채 두 갈래로 나뉘어 있었어. 내가 저지른 범죄를 흡족해하며 앞으로 또 어떤 짓을 저질러볼까 구상하는 동시에, 혹시 복수하려는 자가 따라오지나 않을까 발소리에 귀를 기울이며 걸음을 재촉했지. 하이드는 약을 만들면서 노래를 흥얼거렸고, 죽은 자를 위해 건배하며 약을 들이켰네. 온몸이 찢겨나가는 듯한 변신의 고통이 끝나기도 전에 헨리 지킬은 고마움과 참회의 눈물을 줄줄 흘리며 무릎을 꿇고 앉아 한데 모은 두 손을 하느님께 들어올렸어. 방종의 베일이 머리끝부터 발끝까지 싹 걷히고 나니 나의 삶이 온전히 보이더군. 그 인생을 처음부터 쭉 따라가보았네. 아버지의 손을 잡고 걸었던 유년 시절부터, 본능적인 욕구를 억눌러가며 의사로 열심히 일했던 시절을 지나, 여전히 현실 같지 않은 그 저주받을 처참한 저녁으로 몇 번이고 돌아오고 또 돌아왔지. 크게 비명이라도 질렀으면 좋았을 것을. 기억 속에 득시글거리는 가증스러운 이미지들과 소리를 덮어버리려고 눈물 젖은 기도를 올렸네. 탄원을 올리는 중에도 내 사악함의 추악한 얼굴이 내 영혼을 빤히 들여다보고 있었지. 이 참회의 통렬함이 잦아들기 시작하자 뒤이어 희열이 찾아들더군. 내가 무슨 짓을 저질렀건, 그 문제는 이미 해결된 셈이었으니까. 앞으로 하이드는 이 세상에 나타나지 않을 테고, 원하든 원치 않든 이제 내 존재의 더 나은 일부로만 살아가야 했어. 오, 그렇게 생각하니 겸허한 마음이 절로 생기면서 어찌나 기쁘던지! 진정으로 욕심을 버리고 자연스러운 삶의 제약을 새로이 받아들였네!
그토록 자주 드나들었던 문을 잠그고 열쇠를 발로 짓밟아버렸지!

그다음 날, 누군가가 살인을 목격했고, 하이드의 죄가 세상에
명명백백히 알려졌으며, 피해자가 명망 높은 인사라는 소식이 들
리더군. 그건 그냥 범죄가 아니라 참혹하리만큼 우둔한 짓이었어.
나는 그 사실을 알고 차라리 반가운 마음이 들었던 것 같네. 교수
대에 오를지도 모른다는 두려움이 내 선한 본성을 지켜주고 경계
시킬 테니 오히려 잘됐다 싶었지. 이제 지킬은 나의 도피처였어.
하이드가 잠시라도 고개를 내밀었다간 세상 사람들이 득달같이
그를 붙잡아 죽여버릴 테니.

나는 앞으로 잘 처신해서 과거를 만회하기로 결심했네. 그리고
자신 있게 말하건대, 그 결심은 어느 정도 결실을 맺었지. 지난해
의 마지막 몇 달 동안 내가 힘든 사람들을 얼마나 열심히 도왔는
지, 남들을 위해 얼마나 많은 일을 했는지 자네도 알지 않는가. 하
루하루 조용히 지나갔고, 그런 생활에 딱히 불만도 없었네. 남에
게 베풀며 선량하게 사는 것이 딱히 지루하지도 않았어. 오히려
날이 갈수록 그 즐거움을 만끽할 수 있게 됐지. 하지만 나는 여전
히 목적의 이중성에 시달리고 있었네. 처음엔 그토록 날카롭던 속
죄의 칼날이 점점 무뎌지면서, 한참이나 제멋대로 날뛰다가 얼마
전 쇠사슬에 묶여버린 나의 저급한 일부가 자유를 달라며 으르렁
거리기 시작하더군. 그렇다고 하이드를 되살리고 싶었던 건 아니
야. 그 생각만 해도 소스라칠 정도였으니까. 아니, 내 양심을 한 번
더 건드려보고 싶어 했던 건 본래의 나 자신이었네. 그리고 한낱

평범하고 은밀한 죄인인 나는 유혹의 맹렬한 공격 앞에 마침내 무너져 내리고 말았지.

모든 일에는 끝이 있는 법. 아무리 큰 그릇이라도 결국엔 채워지게 마련 아닌가. 지조를 버리고 잠깐 빠졌던 악행이 내 영혼의 균형을 끝내 깨뜨려버렸지. 그런데도 난 경계하지 않았네. 약을 발견하기 전의 옛 시절로 돌아간 것처럼 그 타락이 자연스럽게 느껴졌거든. 1월의 어느 맑고 화창한 날이었네. 녹아내린 서리가 발밑에 축축하게 밟혔지만, 하늘엔 구름 한 점 없더군. 리전트 파크는 겨울새가 짹짹 지저귀는 소리와 향기로운 봄 내음으로 가득했지. 나는 벤치에 앉아 햇볕을 쪼이고 있었네. 내 안의 짐승이 기억의 토막들을 핥아대고 있는데, 내 영혼은 곧 후회하게 될 줄도 모르고 졸면서 꿈쩍도 하지 않았어. 결국엔 나도 이웃 사람들과 별반 다르지 않다는 생각이 들더군. 그러다 나 자신을 남들과 비교해보니, 나의 적극적인 선의를 남들의 게으르고 잔인한 무심함과 비교하니 피식 웃음까지 나오지 뭔가. 내 마음이 허영에 들뜬 바로 그 순간, 머리가 어지럽더니 무시무시한 욕지기가 일고 무서우리만치 온몸이 덜덜 떨렸네. 이런 증상이 사라지고 나서는 까무러쳐버렸지. 다시 정신을 차렸을 땐 생각의 결이 달라지기 시작했어. 더 대담해지고, 위험 따윈 우스워지고, 의무감은 물에 녹듯 사라져버렸지. 밑을 내려다보니 줄어든 팔다리에 내 옷이 헐렁하게 걸쳐져 있더군. 무릎에 놓인 손은 핏줄이 툭 불거져 있고 털이 무성했네. 또다시 에드워드 하이드가 된 거야. 조금 전만 해도 모든 이들의 존경과 사랑을 한몸에 받던 부자(집의 다이닝룸에는 나를 위한 식사가 차려져 있었어)가 이젠 모든 인간이 한뜻으로 노리는 사냥감, 집도 없이 쫓기다가 붙잡히면 곧장 교수대로 끌려갈 유명한 살인범으로 전락해버렸지.

내 이성은 흔들렸지만, 완전히 무너져 내리진 않았네. 제2의 인격일 때 내 능력이 예리해지고 내 정신이 긴장을 유지하면서도 유연해지는 걸 느낀 적이 몇 번이나 있었어. 그래서인지 지킬이라면 굴복했을지도 모르는 그 중요한 순간에 하이드는 훌륭히 대처하더군. 내 약은 서재의 진열장에 들어 있었어. 어떻게 하면 거기까지 갈 수 있을까? 그 문제를 해결하려고 (관자놀이를 짓누르면서) 고심했지. 실험실 문은 막혀 있었어. 집을 통해 들어가려 했다간 내 하인들 손에 교수대로 넘겨지고 말 테지. 그러니 다른 사람의 손을 빌려야 했고, 래니언이 떠오르더군. 하지만 무슨 수로 그 친구에게 간단 말인가? 또 어떻게 그를 설득한단 말인가? 길거리에서 붙잡히지 않더라도 어떻게 그를 만날 것이며, 또 어떻게 이 정체 모를 불쾌한 손님이 그 유명한 의사를 구슬려서 자기 동료인 지킬 박사의 서재를 샅샅이 뒤지게 만든단 말인가? 그때 문득, 내 본래 인격 중 여전히 남아 있는 한 부분이 기억났네. 내 글씨 말일세. 불꽃처럼 번쩍하고 떠오른 그 생각이 앞으로 내가 따라가야 할 길을 훤하게 비춰주더군.

나는 부랴부랴 옷매무새를 가다듬은 뒤, 지나가는 이륜마차를 잡아타고, 때마침 이름이 떠오른 포틀랜드 가의 한 호텔로 달려갔어. 내 행색(옷들이 덮어 싼 운명은 참으로 비극적이었지만, 겉모습은 우스꽝스럽기 그지없었지)에 마부가 웃음을 참지 못하더군. 내가 사납게 화를 내며 그자의 면전에 대고 이를 갈았더니 그의 얼굴에서 웃음기가 사라졌어. 그에게 다행한 일이었고, 내게는 더욱더 다행한 일이었지. 자칫하면 그자를 마부석에서 끌어내릴 뻔했으니까. 호텔에 들어가서 험악한 얼굴로 주위를 둘러봤더니 직원들이 벌벌 떨면서 내 앞에서는 눈짓 한 번 주고받지도 않더니, 그래도 굽실굽실 내 지시를 잘 따라서 나를 독실로 안내하고 편지를 쓸 수 있도록 준비해주더군. 목숨이 위태로운 상태의 하이드는 내게 무척 낯설었네. 과도한 분노에 부들부들 떨고, 살기가 등등하고, 남을 괴롭히고 싶어 안달이 나 있었지. 하지만 영악하기도 했어. 대단한 의지로 분노를 억누른 채 래니언과 풀에게 각각 한 통씩 중요한 편지를 썼네. 그리고 그 편지들이 발송됐다는 실제적인 증거를 받기 위해, 등기로 부치라는 지시를 내렸지.

그때부터 그는 하루 종일 독실에서 난롯가에 앉아 손톱을 물어뜯었어. 겁에 질린 기색이 역력한 웨이터를 눈앞에 두고 두려움에 휩싸인 채 홀로 앉아 식사를 했지. 그러다 해가 완전히 졌을 때 그는 사방이 막힌 마차의 구석에 앉아서 도시의 거리를 여기저기 달렸네. '그'라고 말하는 건 차마 '나'라고 말할 수 없어서라네. 그 지옥의 자식은 인간다운 구석이 전혀 없었어. 그 안에 살아 있는 건 오로지 두려움과 증오뿐이었지. 그리고 마침내 마부가 슬슬 의심하기 시작했다는 생각이 들자 그는 마차에서 내려 과감하게 걸어다녔네. 맞지도 않는 옷차림새 때문에 눈에 확 띄는 꼴을 하고서

밤길을 다니는 사람들 속으로 들어간 거야. 두 가지의 야비한 감정이 사납게 날뛰는 가운데. 그는 두려움에 쫓겨 혼자 중얼중얼 잘 떠들어대면서 발걸음을 재촉했네. 인적이 드문 길로 살금살금 다니면서 자정까지 남은 시간을 재고 있었지. 한번은 어떤 여자가 그에게 말을 걸었는데, 아마도 성냥을 팔려고 했던 것 같아. 그가 여자의 얼굴을 때리자 여자는 달아나버렸어.

래니언의 집에서 내 본모습으로 돌아갔을 때 오랜 벗이 내보인 그 공포가 어느 정도 내게 영향을 미쳤을지도 모르겠네. 글쎄, 그때를 돌아보면 찾아드는 혐오감이 조금 더 커진다고나 할까. 갑자기 내 생각에도 변화가 생겨서, 이제는 교수대가 무서운 것이 아니라 하이드로 변할까봐 두려워지더군. 나는 비몽사몽간에 래니언의 비난을 듣고, 비몽사몽간에 내 집으로 가서 잠자리에 들었지. 힘겨운 하루를 보낸 후라, 고통스러운 악몽조차 끊어놓지 못하는 절박하고도 깊디깊은 잠에 빠졌다네. 아침에 깨어났을 땐 혼란스럽고 힘이 쭉 빠져 있었지만 상쾌하기도 했어. 내 안에 잠들어 있는 짐승을 생각하면 여전히 혐오스럽고 두려웠거니와, 전날 겪었던 오싹한 위험 또한 물론 잊지 않았지. 하지만 난 다시 집에 돌아와 있었네. 내 약이 바로 곁에 있는 내 집에. 위험을 모면했다는 감사함이 내 영혼 속에서 어찌나 강렬하게 빛나던지 거의 희망의 빛처럼 느껴질 정도였어.

그런데 아침 식사 후 안뜰을 여유롭게 거닐며 냉기 어린 공기를 즐겁게 들이마시는 중에 변화를 예고하는 그 형언할 수 없는 감각이 또다시 엄습해오지 뭔가. 서재로 숨어들자마자 이번에도 하

193

이드의 격정이 사납고 차갑게 날뛰어대더군. 이번에는 약을 두 배로 늘려 내 본모습을 되찾았지. 그런데 아아! 여섯 시간 후 앉아서 난롯불을 애처롭게 바라보고 있는데, 격한 통증이 돌아와서 약을 또 만들어야 했네. 간단하게 말하자면 그날부터는 체조를 하듯 큰 힘을 써야만, 그리고 즉각적으로 약을 복용해야만 지킬의 생김새를 유지할 수 있었어. 밤낮을 가리지 않고 전조 증상처럼 온몸이 부들부들 떨리곤 했네. 무엇보다, 잠들거나 하다못해 의자에서 잠깐만 졸아도 깨어나보면 항상 하이드로 변해 있더란 말일세. 언제라도 파멸을 맞을 듯한 긴장감에다 인간에게 가능할까 싶을 정도로 심한 불면증까지 더해지니, 열병에 잡아먹힌 것처럼 속이 텅 빈 피조물이 되어버렸지. 몸과 마음 모두 나른하니 축 늘어지고, 머릿속엔 단 한 가지 생각밖에 없었네. 나의 다른 자아에 대한 두려움. 하지만 잠들 때나 약의 효험이 떨어졌을 때, 변신 과정도 거의 없이 (변신의 고통은 날이 갈수록 무뎌졌네) 끔찍한 이미지가 넘쳐나는 환영에 사로잡히곤 했지. 영혼은 까닭 모를 증오로 부글부글 끓어올랐고, 몸뚱어리는 사납게 날뛰는 생명력을 담을 수 있을 만큼 강해 보이지 않았어. 지킬이 병약해질수록 하이드는 점점 더 강해지는 것 같더군. 그리고 이제 그 둘은 서로를 똑같이 증오하고 있었네. 지킬에게 그 증오는 목숨을 지키기 위한 본능 같은 것이었어. 자각의 일부를 공유하고 죽음을 함께 맞이할 존재가 얼마나 추하게 일그러진 괴물인지 이제 그의 눈에도 선명하게 보였던 걸세. 운명을 같이할 공동체로 연결되어 있다는 사실 자체가 그에게는 가장 뼈아픈 고통이었는데, 그런 연결고리만 아니라면 지킬

이 생각하는 하이드는 아무리 생명력이 넘쳐나도 지독히 가증스
러운 무생물에 불과했지. 충격적이었네. 마치 갱의 역청이 비명과
목소리를 토하는 듯했으니. 그 형체 없는 먼지가 손짓 발짓을 하
며 죄를 저질렀으니. 죽고 형상 없는 것이 생명의 자리를 강탈하
려 들었으니. 그 끔찍한 폭도는 아내보다 더 가까이, 눈보다 더 가
까이 지킬에게 들러붙어 있었네. 지킬의 육체 속에 갇힌 채 투덜
거리는 소리가 들리고 바깥세상으로 나오려 발버둥치는 게 느껴
졌지. 지킬이 나약해질 때마다, 그리고 지킬이 잠든 틈을 타서 그
를 제압하여 삶에서 내쫓아버렸어. 하이드가 지킬에게 품은 증오
는 차원이 달랐네. 교수형을 당할지도 모른다는 공포에 몰린 그는
끊임없이 일시적인 자살을 저지르면서, 온전한 사람이 아니라 종
속적인 자신의 자리로 돌아갈 수밖에 없었지. 하지만 그런 어쩔
수 없는 처지가 싫고, 지킬이 의기소침해 있는 것도 싫고, 자신이
무시당하는 것도 분했던 거야. 그래서 유인원 같은 수법으로 나를
희롱하여, 내 책에다 내 필체로 불경스러운 말을 휘갈겨 써놓고,
편지를 태우고, 아버지의 초상화를 망가뜨렸지. 실로, 죽음이 두
렵지만 않았어도 그는 오래전에 나를 파멸시키기 위해 스스로를
파멸시켰을 걸세. 하지만 삶에 대한 집착도 굉장하지. 지나친 말
처럼 들릴지 모르지만, 그를 생각하기만 하면 구역질나고 몸이 굳
어버리는 나도 이 비굴할 정도로 격렬한 애착을 떠올리면, 그리고
내가 자살해서 자기를 잘라내버릴까봐 두려워하는 그를 떠올리
면 측은한 마음이 들기도 한다네.
　이런 이야기를 더 길게 늘어놓아봐야 무슨 소용이 있겠나. 그

럴 시간도 없고 말이야. 지금껏 어떤 이도 이런 고통을 겪은 적이 없다는 말로 충분하지 않을까 싶네. 그런데 이런 고통도 습관처럼 반복되다 보니 영혼이 조금 무감각해지고, 절망도 어느 정도 묵인하게 되더군. 그렇다고 고통이 가라앉은 건 아니지만 말일세. 이런 형벌이 몇 년이나 더 계속됐을지도 모르지만, 마지막으로 닥친 재앙이 기어코 나 자신의 얼굴과 본성으로부터 나를 끊어놓았네. 첫 실험 이후로 한 번도 보충하지 않았던 염류가 바닥나기 시작했거든. 사람을 시켜 염류를 새로 구해 약을 만들었더니, 액이 끓어오르기는 하는데 색깔이 한 번만 변하고 두 번째 변화는 없더군. 마셔봤지만 약효가 없었어. 풀의 이야기를 들어보면 내가 얼마나 런던을 샅샅이 뒤졌는지 자네도 알게 될 걸세. 하지만 헛수고였어. 지금 생각해보면, 제일 처음 사용했던 염류에 불순물이 섞여 있었고, 그 알 수 없는 불순물 덕분에 내 약에 효험이 있었던 게 분명해.

그로부터 1주일 정도 지났고, 지금 나는 마지막 남은 약의 힘을 빌려 이 진술을 마무리하고 있네. 그렇다면 헨리 지킬이 자신의 머리로 생각을 하거나 거울로 자신의 얼굴(얼마나 처참하게 변했는지 모른다네!)을 볼 수 있는 것도 기적이 일어나지 않는 한 지금이 마지막이겠군. 지체해봐야 좋을 게 없으니, 이 글도 이만 줄여야겠어. 여기까지 내 이야기가 순탄히 이어졌다면, 신중을 기한데다 운이 아주 좋았기 때문일세. 쓰는 도중에 변화의 고통이 찾아온다면 하이드가 이 글을 갈가리 찢어버리겠지. 하지만 만약 다 쓰고 나서 얼마간 시간이 흐른다면, 경이로울 정도로 이기적이고 눈앞

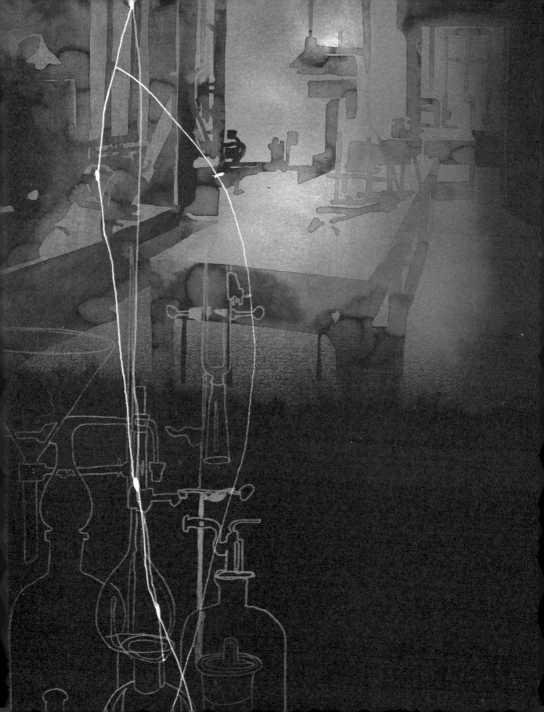

의 순간만 사는 그는 유인원처럼 심술을 부리지 않고 이 글을 고
이 남겨둘 걸세. 우리 둘을 점점 죄어오는 운명이 이미 그를 변화
시키고 짓밟아버렸다네. 이제 30분 후면 나는 또 그 혐오스러운
인격을 끄집어낼 테고, 의자에 앉아 오들오들 떨며 울거나, 아니
면 계속 이 방(이 세상에 남은 내 마지막 도피처)을 이리저리 서성이며
황홀경에라도 빠진 듯 잔뜩 긴장하고 겁에 질린 채 위협적인 소리
하나하나에 귀를 쫑긋 세우겠지. 하이드는 교수대에서 죽을까?
아니면 마지막 순간에 용기를 내어 스스로 고통의 굴레에서 벗어
날까? 누가 알겠는가. 상관없네. 지금은 내가 진정으로 죽을 시간
이고, 이후의 일은 내가 아닌 다른 이의 소관이니까. 이제 나는 펜
을 내려놓고 이 고백의 글을 봉인한 후, 불행한 헨리 지킬의 생애
에 마침표를 찍으려 하네.

200

　여성 인물화로 이름을 알린 내게 완전히 색다른 텍스트를 의뢰하며 내 작업을 신뢰해준 콰르토 출판사의 레지나 그리니어와 메리 앤 홀에게 진심으로 감사드린다. 스티븐슨의 『지킬 박사와 하이드 씨』에서 여성은 크게 주목받지 못하는 작은 단역만 맡고 있다. 내 안전지대를 벗어나 어두운 일면을 관조하며, 파멸의 어두운 추상성과 이 고딕풍 이야기의 음울한 아름다움을 시각화할 수 있는 기회를 얻게 되어 얼마나 고마운지 모른다.

　밤잠도 미루고 주말까지 일하는 나를 끝없이 참아준 나의 가족 율리오와 알마, 그리고 15년이 넘는 세월 동안 내 작업을 감독해주고 친구가 되어준 멋진 사람 코코 나카노에게도 고마운 마음을 전한다.

　　　　　　　　　　　　　　　　　　　　　　　　　티나 베르닝

205

빅토리아 시대의 잔혹 우화

인간 본성의 선과 악, 빛과 어둠, 이성과 광기, 그 이중성을 파헤친 스코틀랜드 출신의 영국 작가 로버트 루이스 스티븐슨의 걸작 『지킬 박사와 하이드 씨』. 설사 이 소설을 읽지 않았더라도 제목 속의 두 이름이 상징하는 바를 모르는 사람이 거의 없고, 누군가가 평소와 달리 별난 행동을 하면 자연스레 '지킬과 하이드'가 언급된다. 이렇듯 우리의 일상에까지 스며들어 있는 이 소설은 1886년에 처음 출간된 이후 수많은 연극과 영화, 드라마, 뮤지컬로 각색되었을 뿐만 아니라 지금까지도 다중인격을 소재로 한 다양한 매체의 작품으로 변주되고 있다. 그런데 너무나 익숙한 만큼 그 의미도 지나치게 단순화되어, 인간의 본성은 이중적이며 악이 선을 이길 수도 있다는 경고로만 해석되는 경향이 있다. 그러나 이 소설은 배경인 빅토리아 시대의 사회상과 불안과 두려움을 담은 우화이자 미스터리, 공상 과학, 공포담, 범죄 추리를 한데 엮어 사회적·윤리적 이중성을 고발한, 훨씬 더 복잡한 작품이다. 그저 오싹한 전율이나 훌륭한 미스터리의 매력을 뛰어넘어 수 세대가

207

지난 지금까지도 여전히 사람들을 매료시키고 있는 이유이다.

이 소설의 탄생과 관련하여 전해지는 흥미로운 일화가 있다. 스티븐슨은 1885년 10월 바람이 거세게 몰아치는 어느 날 밤, 비명이 터져 나올 정도로 무서운 악몽을 꾸었다. 새벽에 깬 후 엿새 만에 한 편의 소설을 뚝딱 써냈는데, 그것도 사흘째에 원고를 한 번 불태웠으니 『지킬 박사와 하이드 씨』의 초고는 사흘 만에 완성된 셈이다. 그가 첫 원고를 아내와 의붓아들에게 들려주었을 때 아내는 우화적인 요소가 전혀 없는 선정적인 이야기에 불과하다며 따끔하게 비판했고, 반박하던 그는 결국 원고를 불태우고 다음 사흘 동안 다시 썼다. 우화적 함의가 없는 순전한 공포소설을 쓰려던 원래 계획에서 방향을 튼 것이다. 그렇게 시작된 소설은 착상, 집필, 재집필, 인쇄까지 10주가 채 걸리지 않았다고 한다. 그리고 출간되자마자 큰 인기를 얻으며 금세 희곡으로 각색되어 연극 무대에 올랐고 수년 후 영화로도 만들어졌다.

이 소설이 발표되자마자 즉각적으로 큰 성공을 거둘 수 있었던 건 자극적인 요소가 한데 뒤섞인 고딕소설이면서 인간에 대한 가장 잔인한 진실, 즉 인간은 한껏 우아할 수 있는 동시에 상상 이상의 악인이 될 수도 있는 존재라는 진실을 포착한 이야기였기 때문이다. 소설을 쓴 후 스티븐슨은 '모든 생각하는 존재의 마음을 때때로 습격하여 압도해버리는 인간의 이중성에 대한 강력한 감각을 이야기로 써보고 싶었다'고 말했다. 우리 안에서 세속적 욕망과 도덕적 책임 간에 시시각각 벌어지는 전쟁에 어떻게 대처해야 하는가? 선한 사람이 되기란 얼마나 힘든가? 악인이 되기는 또 얼마나 쉬운가? 이런 성찰적인 의문을 던지며 도덕적인 교훈도 주는데, 당대의 소설가 헨리 제임스는 소설의 교훈적인 측면과 자극적인 흥미 사이의 긴장감을 언급하며 '『지킬 박사와 하이드 씨』는 고도의 철학적인 의도가 담긴 작품인가, 아니면 도덕적 책임감 없이 그저 기발한 상상력에서 나온 소설인가?'라고 묻는다. 어느 한 쪽이라고 답하기는 어렵다. 이 소설에는 강렬하고 매혹적인 공포 뿐만 아니라 도덕적·사회적·의학적 윤리, 빅토리아 시대의 위선적이고 억압적인 규범 등 다양한 사회적 이슈에 대한 고찰도 담겨 있다.

고딕소설은 당대의 두려움을 상상력으로 담아내는 장르인 만큼 시대에 따라 그 성격도 크게 달라진다. 로버트 루이스 스티븐슨이 살면서 글을 썼고 『지킬 박사와 하이드 씨』의 배경이기도 한 후기 빅토리아 시대의 런던은 어떤 곳이었을까? 빅토리아 시대(영국의 빅토리아 여왕이 통치한 1837년부터 1901년까지)에 대영제국은 전 세계로 확장해나가며 권력과 부를 쌓았고, 그 중심인 런던은 세계 최대의 도시이자 운송·금융·상업·오락의 중추였다. 산업혁명으로 런던에 많은 공장이 들어서고 철도가 깔려 도시의 대기에 연기를 뿜어냈다. 하지만 그러한 과학적 발전과 진보의 이면에는 어둠도 있었다. 빈부 격차와 물질적 가치를 중시하는 데서 비롯된 정신적 공허감이 생겨났다. 스티븐슨 같은 작가와 예술가들은 그렇듯 지킬과 하이드처럼 이중적인 빅토리아 시대의 불안과 공포를 보았을 것이다. 다른 한편으로 빅토리아 시대는 중산층의 경직된 규범이 무엇보다 중시된 사회였다. 윤리적·사회적 의무, 근면함, 자기 절제가 최고의 가치였으며 무슨 일이 있어도 체면과 평판을 지켜야 했다. 『지킬 박사와 하이드 씨』의 주요 등장인물인 어터슨과 래니언, 엔필드가 바로 그런 가치를 구현하는 중산층 신사이다. 자신의 진정한 욕망과 취향을 감추거나 억누른 채 경건하고

도덕적인 척, 추하거나 불쾌한 것에는 눈을 감아버리고 그것이 존재하지 않는 척한다. 지킬도 다르지 않다. 지킬이 자기 안의 하이드를 밖으로 풀어놓은 건 자신의 개성을 마음껏 표출하기 위해서가 아니라 자신에게 오명을 가져다줄 방탕하고 경박한 면모를 남들의 시선으로부터 숨기기 위해서다. 스티븐슨은 이런 인물들을 통해 빅토리아 시대의 가식과 위선을 폭로하고 있다.

런던은 시대적·사회적 의미로뿐만 아니라 그 공간 자체로도 소설에서 중요한 역할을 한다. 안개가 자욱한 어둠 속에 수많은 가스등이 켜져 있는 음산한 런던 거리는 소설의 원제(『지킬 박사와 하이드 씨의 기이한 사례 Strange Case of Dr. Jeckyll and Mr. Hyde』)에 어울리는 기묘하고도 모호한 분위기를 조성하고, 하이드가 사람들의 눈에 띄지 않고 거리를 활보할 수 있도록 익명의 자유를 보장해준다. 하지만 악몽에나 나올 법한 그런 음산한 풍경뿐만 아니라 상업 중심지답게 부산하게 돌아가는 상점가의 모습도 묘사되어 있다. 지킬과 하이드처럼 런던이라는 도시 역시 이중성을 지니고 있다.

빅토리아 시대는 다윈의 진화론이 등장하여 큰 충격과 반향을 일으킨 때이기도 하다. 신이 우주 만물을 창조했다고 철석같이 믿은 당대 사람들에게 인간이 꼬리 달린 털북숭이 네발짐승의 후손이라는 주장은 청천벽력과도 같았을 것이다. 인간이 유인원과 양서류에서 진화했다면 원시 상태로 돌아갈 수도 있지 않을까? 하이드가 유인원, 원시인, 털북숭이 네발짐승처럼 묘사되고 당시의 많은 소설에서 악인이 기형이나 불구의 모습으로 설정된 것도 그런 불안감이 어느 정도 반영된 결과일 것이다. 잔인하고 야만적인 하이드는 인간 발달의 원시적 단계로의 역행인 것이다.

빅토리아 시대의 사회상을 담은 이 잔혹한 우화를 발표했을 당시 로버트 루이스 스티븐슨은 『보물섬』이나 동시집 『어린이의 노래 화원 Child's Garden of Verses』 같은 아동문학으로 이미 성공을 거둔 유명 작가였다. 『보물섬』과 『지킬 박사와 하이드 씨』가 같은 작가의 손에서 나왔다는 사실이 의외로 보일 수도 있지만 스티븐슨은 여행기, 에세이, 소설, 아동문학, 평론 등 다양한 장르를 넘나들며 활발히 활동한 작가였다. 그중에서도 단연 독특하고 가장 오래도록 사랑받고 있는 작품은 『지킬 박사와 하이드 씨』이다. 오랜 시간이 지난 지금도 많은 사람들이 이 작품을 읽는 이유는 시대를 초월하여 무궁무진한 이야깃거리와 생각거리를 던져주기 때문이다.

로버트 루이스 스티븐슨 Robert Louis Stevenson(1850~1894)

스코틀랜드 출신의 영국 작가. 어린 시절부터 자연과 모험, 책을 좋아했다. 에든버러 대학교에서 공학을 전공했지만 건강이 좋지 않아 자퇴 후 법률을 공부해 변호사가 되었으며 본격적으로 글을 쓰기 시작했다. 『보물섬』으로 명성을 얻은 뒤 『지킬 박사와 하이드 씨』 등 많은 화제작을 발표했다. 그의 작품은 텔레비전 드라마, 영화, 라디오 소설로 각색되었고 노래와 책, 패러디에 영감을 주었으며 수많은 소설에 언급되었다. 프랑스, 미국, 오스트레일리아 등지로 여행을 다니다가 남태평양의 사모아에 정착한 그는 44세의 나이로 세상을 떠났다.

그린이 **티나 베르닝** Tina Berning

화가이자 일러스트레이터. 독일 베를린에서 주로 활동하고 구상 회화에 집중하고 있다. 그녀의 수상작은 국제적으로 출판 · 전시되었으며, 수많은 선집에 실렸다. '지킬 박사와 하이드 씨'는 우리에게 너무나 익숙한 이야기지만, 작가는 하이드 씨나 그의 악행에 대해 자세히 묘사하지 않는다. 설명할 수 없고, 말로 옮길 수 없다고 할 뿐이다. 괴물, 극적인 사건, 실연한 연인들, 경련하는 손 같은 건 여기서 찾아볼 수 없다. 티나 베르닝은 그러한 추상성을 포용하여 독자들의 상상력을 끌어올리는 한편, 페이지마다 독자들에게 닥쳐드는 선과 악에 관한 고딕풍의 시험에 담긴 불온한 정서를 또렷하게 포착해낸다.

옮긴이 **이영아**

서강대학교 영어영 문학과를 졸업하고 성균관대학교 사회교육원 전문 번역가 양성 과정을 이수했다. 현재 전문 번역가로 활동하고 있다. 옮긴 책으로 비비언 고닉의 『상황과 이야기』, 조지 오웰의 『신부의 딸』·『엽란을 날려라』·『숨 쉴 곳을 찾아서』, 스티븐 프라이의 『그리스 신화』 3부작, 트렌트 돌턴의 『우주를 삼킨 소녀』, 스티븐 헤일스의 『운이란 무엇인가』, 폴라 호킨스의 『걸 온 더 트레인』 등이 있다.

Classics Reimagined, The Strange Case of Dr. Jekyll and Mr. Hyde
by Robert Louis Stevenson, Illustrated by Tina Berning

Copyright © 2019 Quarto Publishing Group USA Inc.
Illustration © 2019 Tina Berning
First published in 2019 by Rockport Publishers, An imprint of the Quarto Group.
All rights reserved.
This Korean edition was first published by SOSO Ltd., Seoul in 2023 by arrangement with
Quarto Publishing Group USA Inc. through Hobak Agency.

이 책은 호박 에이전시(Hobak Agency)를 통한 저작권자와의 독점 계약으로
(주)소소 소소의책에서 출간되었습니다.
저작권법에 의해 한국 내에서 보호를 받는 저작물이므로
무단전재와 복제를 금합니다.

클래식 리이매진드

지킬 박사와 하이드 씨

초판 1쇄 인쇄 | 2023년 11월 10일
초판 1쇄 발행 | 2023년 11월 20일

지은이 | 로버트 루이스 스티븐슨
그린이 | 티나 베르닝
옮긴이 | 이영아
펴낸이 | 박남숙

펴낸곳 | 소소의책
출판등록 | 2017년 5월 10일 제2017-000117호
주소 | 03961 서울특별시 마포구 방울내로9길 24 301호(망원동)
전화 | 02-324-7488
팩스 | 02-324-7489
이메일 | sosopub@sosokorea.com

ISBN 979-11-7165-000-2 (04840)
        979-11-88941-99-5 (세트)
책값은 뒤표지에 있습니다.

• 이 책 내용의 일부 또는 전부를 재사용하려면 반드시 (주)소소의 동의를 얻어야 합니다.
• 잘못 만들어진 책은 구입하신 서점에서 교환해드립니다.

클래식 리이매진드 시리즈는 세계적인 예술가가 삽화를 그린, 원문 그대로의 고전소설로 컬렉터용 에디션이다. 저명한 작가들의 가장 사랑받고, 널리 읽히며, 열렬히 수집되는 문학 작품에 각각의 예술가 자신만의 독특한 시각적 해석을 담았다.